AF202498

Tucholsky Wagner Zola Scott Sydow Freud Schlegel
Turgenev Wallace Fonatne
Twain Walther von der Vogelweide Fouqué Friedrich II. von Preußen
Weber Freiligrath Frey
Kant Ernst
Fechner Fichte Weiße Rose von Fallersleben Richthofen Frommel
Hölderlin
Fehrs Engels Fielding Eichendorff Tacitus Dumas
Faber Flaubert
Eliasberg Ebner Eschenbach
Feuerbach Maximilian I. von Habsburg Fock Eliot Zweig
Ewald Vergil
Goethe Elisabeth von Österreich London
Mendelssohn Balzac Shakespeare Dostojewski Ganghofer
Lichtenberg Rathenau Doyle Gjellerup
Trackl Stevenson Hambruch
Mommsen Tolstoi Lenz Droste-Hülshoff
Thoma Hanrieder
Dach Verne von Arnim Hägele Hauff Humboldt
Reuter Rousseau Hagen Hauptmann
Karrillon Garschin Gautier
Damaschke Defoe Hebbel Baudelaire
Descartes Hegel Kussmaul Herder
Wolfram von Eschenbach Dickens Schopenhauer
Bronner Darwin Melville Grimm Jerome Rilke George
Campe Horváth Aristoteles Bebel Proust
Bismarck Vigny Barlach Voltaire Federer Herodot
Gengenbach Heine
Storm Casanova Tersteegen Grillparzer Georgy
Chamberlain Lessing Langbein Gilm
Brentano Lafontaine Gryphius
Strachwitz Claudius Schiller Kralik Iffland Sokrates
Katharina II. von Rußland Bellamy Schilling
Gerstäcker Raabe Gibbon Tschechow
Löns Hesse Hoffmann Gogol Wilde Vulpius
Luther Heym Hofmannsthal Morgenstern Gleim
Roth Heyse Klopstock Klee Hölty Kleist Goedicke
Luxemburg Puschkin Homer Mörike
La Roche Horaz Musil
Machiavelli
Navarra Aurel Musset Kierkegaard Kraft Kraus
Nestroy Marie de France Lamprecht Kind Kirchhoff Hugo Moltke
Nietzsche Nansen Laotse Ipsen Liebknecht
Marx Lassalle Gorki Klett Ringelnatz
von Ossietzky May Leibniz
vom Stein Lawrence Irving
Petalozzi Platon Knigge
Sachs Poe Pückler Michelangelo Kock Kafka
Liebermann Korolenko
de Sade Praetorius Mistral Zetkin

Der Verlag tredition aus Hamburg veröffentlicht in der Reihe **TREDITION CLASSICS** Werke aus mehr als zwei Jahrtausenden. Diese waren zu einem Großteil vergriffen oder nur noch antiquarisch erhältlich.

Symbolfigur für **TREDITION CLASSICS** ist Johannes Gutenberg (1400 — 1468), der Erfinder des Buchdrucks mit Metalllettern und der Druckerpresse.

Mit der Buchreihe **TREDITION CLASSICS** verfolgt tredition das Ziel, tausende Klassiker der Weltliteratur verschiedener Sprachen wieder als gedruckte Bücher aufzulegen – und das weltweit!

Die Buchreihe dient zur Bewahrung der Literatur und Förderung der Kultur. Sie trägt so dazu bei, dass viele tausend Werke nicht in Vergessenheit geraten.

Der Schatz von Franchar

Robert Louis Stevenson

Impressum

Autor: Robert Louis Stevenson
Übersetzung: Marguerite Thesing
Umschlagkonzept: toepferschumann, Berlin

Verlag: tredition GmbH, Hamburg
ISBN: 978-3-8472-3601-6
Printed in Germany

Text der Originalausgabe

Robert Louis Stevenson

Der Schatz von Franchard

»The Treasure of Franchard«, zuerst erschienen in
The Merry Men and Other Tales, 1893

Erstes Kapitel

Bei dem sterbenden Gaukler

Kurz vor sechs hatte man nach dem Bourroner Arzt geschickt. Um acht fanden sieh die Dorfbewohner zur Vorstellung ein, und man sagte ihnen, wie es stünde. Daß ein Gaukler ganz wie ein richtiger Mensch zu erkranken wagte, erschien ihnen als Dreistigkeit, und sie gingen murrend wieder fort. Um zehn begann Madame Tentaillon ernstlich besorgt zu werden und schickte die Straße hinunter zu Doktor Desprez. Der Bote traf den Doktor zu Hause in der einen Ecke des kleinen Speisezimmers über seinen Manuskripten, während seine Frau in der anderen Ecke neben dem Feuer ihr Nickerchen machte.

»Sapristi!« sagte der Doktor, »Ihr hättet mich früher rufen sollen. Der Fall scheint eilig.« Und er folgte dem Boten, ohne sich umzuziehen, in Pantoffeln und Hauskäppchen.

Der Gasthof lag keine dreißig Meter entfernt, aber der Bote machte dort nicht halt. Er ging zur einen Tür hinein und zur anderen hinaus in den Hof und schritt voran eine kurze Treppe hinauf, die neben dem Stall auf den Heuboden führte, wo der kranke Gaukler lag. Und wenn Doktor Desprez tausend Jahre alt werden sollte, wird er seinen Eintritt in den Raum nicht vergessen. Die Szene, die sich ihm bot, war nicht nur äußerst malerisch, sondern der Moment sollte ein Markstein in seinem Leben werden. Wir pflegen unser Leben – warum, weiß ich nicht – von unserem ersten kläglichen Auftreten in der menschlichen Gesellschaft, also von unserer ersten Niederlage an, zu datieren, denn mit üblerem Anstande betritt wohl kein Schauspieler die Bühne. Um jedoch nicht zu weit zurückzugreifen und uns überflüssiger Neugierde schuldig zu machen, wollen wir lieber feststellen, daß es in unser aller Leben später noch zahlreiche rührende und einschneidende Ereignisse gibt, die mit ganz dem gleichen Recht wie der Tag der Geburt eine Periode eröffnen. Da war zum Beispiel Doktor Desprez, ein Mann in den Vierzigern, der, wie man es wohl nennt, im Leben gescheitert und überdies noch verheiratet war, und der sich hier vor einem neuen Lebensabschnitt befand im Augenblick, da er die Tür öffnete, die zu dem Heuschober über Tentaillons Stall führte.

Es war ein großer Raum, den nur eine einzige Kerze vom Fußboden her erhellte. Der Gaukler lag aus einer Matratze auf dem Rücken; er war von massigem Körperbau mit einer Nase à la Don Quichotte, die vom Trinken gerötet war. Madame Tentaillon beugte sich über ihn mit einer feuchten, heißen Senfpackung für seine Füße; dicht daneben auf einem Stuhl baumelte ein Bürschchen von elf, zwölf Jahren mit den Beinen. Diese drei waren, die Schatten ausgenommen, die einzigen Bewohner des Schuppens. Allein die Schatten bildeten an sich schon eine ganze Gesellschaft; der große Raum verzerrte sie ins Riesenhafte, und von unten her traf das Licht der Kerze nach oben und schaffte groteske und verunstaltende Verkürzungen. Das Profil des Gauklers war an der Wand zur Karikatur vergrößert, und es war seltsam anzusehen, wie seine Nase im Luftzug der Flamme sich verlängerte und zusammenschrumpfte. Was Madame Tentaillon anbetrifft, so glich ihr Schatten einem einzigen Riesenhöcker, den von Zeit zu Zeit an Stelle eines Kopfes eine Halbkugel krönte. Die Stuhlbeine waren zu spindeldürren Stelzen verlängert, und der Junge hockte über ihnen wie eine Wolke dicht unter der einen Dachecke.

Der Junge vor allem nahm den Doktor gefangen. Er hatte einen großen gewölbten Schädel, Stirn und Hände eines Musikers und ein Paar Augen, die einen nie wieder losließen. Es kam nicht daher, daß sie groß waren, von sanftestem, rötlichem Braun und sehr fest blickten. Daneben war noch etwas an ihnen, das den Doktor bis ins Innerste berührte und ihn fast mit Unruhe erfüllte. Er wußte, daß er diesem Blick schon vorher begegnet war, konnte sich aber des Wie und Wo nicht erinnern. Es war, als hätte dieser Junge, den er noch nie zuvor gesehen hatte, die Augen eines alten Freundes oder vielleicht auch eines Feindes. Und der Junge ließ ihn nicht zur Ruhe kommen; er schien in höchstem Maße gleichgültig gegen alles, was um ihn her vorging, vielmehr durch eine überlegene Ruhe von ihm getrennt. Da saß er mit über dem Schoße gefalteten Händen und baumelte sanft mit den Beinen gegen die Querleisten des Stuhles. Und trotzdem folgten seine Augen dem Doktor auf Schritt und Tritt mit gedankenvoller Beharrlichkeit. Desprez wußte nicht, ob er den Jungen faszinierte oder der Junge ihn. Er machte sich mit dem Kranken zu schaffen, stellte Fragen, fühlte den Puls, scherzte, ereiferte sich ein wenig und fluchte: und dennoch! Wenn er sich umblickte, da waren die braunen Augen und warteten auf ihn mit dem gleichen fragenden, melancholischen Blick.

Endlich ging dem Doktor blitzartig ein Licht auf. Jetzt wußte er, wo er dem Blick begegnet war. Das Kerlchen hatte, wenn auch kerzengrade gewachsen, die Augen eines Buckligen. Es war nicht im geringsten deformiert, trotzdem war es, als blickten einem unter jenen Brauen die Augen eines Krüppels an. Der Doktor holte tief Atem, so erleichtert war er, daß er nun eine Theorie gefunden hatte (er liebte die Theorien), mit deren Hilfe er sein Interesse erklären und auflösen konnte.

Trotzdem besorgte er den Kranken mit ungewöhnlicher Elle und wandte sich, noch mit dem einen Bein auf dem Boden kniend, halb um, um mit Muße den Jungen betrachten zu können. Dieser war nicht im geringsten aus der Fassung gebracht, sondern sah seinerseits den Doktor in ungetrübter Ruhe an.

»Ist das dein Vater?« fragte Desprez.

»Oh nein,« versetzte der Junge, »mein Herr.«

»Hast du ihn gern?« fragte der Doktor weiter.

»Nein, Herr«, sagte der Junge.

Madame Tentaillon und Desprez wechselten ausdrucksvolle Blicke.

»Das ist schlimm, junger Mann«, fuhr letzterer mit einem Anflug von Strenge fort. »Jeder sollte die Sterbenden lieb haben, oder doch wenigstens seine Gefühle verbergen; und dein Herr liegt im Sterben. Wenn ich eine Weile zugesehen habe, wie ein Vogel meine Kirschen stiehlt, fühle ich dennoch eine leise Enttäuschung, wenn er über meinen Gartenzaun fliegt, und ich ihn auf den Wald zusteuern und verschwinden sehe. Wie viel mehr also bei einem Geschöpf wie dieses da, so stark, so klug, so reich begabt! Wenn ich mir vor Augen halte, daß in wenigen Stunden seine Rede zum Schweigen gebracht, sein Atem gestorben, ja sogar der Schatten dort an der Wand verschwunden sein wird, so fühlen selbst ich, der ich ihn nie zuvor gesehen habe, und jene Dame dort, die ihn nur als Gast kennt, uns durch eine Art Liebe bewegt.«

Der Junge schwieg eine Weile, scheinbar in Gedanken versunken.

»Sie kannten ihn nicht«, antwortete er schließlich.

»Er war ein schlechter Mensch.«

»Er ist ein kleiner Heide«, sagte die Wirtin. »In dem Punkt sind sie einer wie der andere, diese Gaukler, Akrobaten, Artisten und dergleichen. Sie haben kein Inneres.«

Der Doktor jedoch musterte den jungen Heiden immer noch mit gerunzelter Stirn und hochgezogenen Brauen.

»Wie heißt du?« fragte er.

»Jean-Marie«, sagte der Junge.

Desprez schoß auf ihn zu in einem ihm eigenen Anfall plötzlicher Aufregung und betastete allseitig vom ethnologischen Standpunkt aus seinen Kopf.

»Keltisch, keltisch!« rief er.

»Keltisch!« wiederholte Madame Tentaillon, die das Wort wohl mit hydrozephalisch verwechselte. »Armer Junge! Ist es gefährlich?«

»Es kommt drauf an«, erwiderte grimmig der Doktor. Dann wandte er sich abermals an den Jungen: »Womit verdienst du dir deinen Lebensunterhalt, Jean-Marie?« erkundigte er sich.

»Ich schlage Purzelbäume«, lautete die Antwort.

»So, so! Purzelbäume?« wiederholte der Doktor.

»Wahrscheinlich sehr gesund. Ich wage zu vermuten, Madame Tentaillon, daß Purzelbäumeschlagen eine gesunde Lebensweise ist. Und hast du jemals etwas anderes getan als Purzelbäumeschlagen?«

»Bevor ich das lernte, habe ich gestohlen«, antwortete Jean-Marie ernsthaft.

»Bei meinem Wort!« rief der Doktor. »Du bist für dein Alter ein nettes Bürschchen. Madame, wenn mein Kollege aus Bourron eintrifft, werden Sie ihm meine wenig günstige Ansicht unterbreiten. Ich überlasse ihm den Fall; sollten natürlich irgendwelche besorgniserregenden Symptome oder gar Zeichen der Besserung sich einstellen, so zögern Sie nicht, mich zu rufen. Ich habe. Gottlob, aufgehört, Arzt zu sein; aber ich bin einmal einer gewesen. Gute Nacht, Madame. Schlafe wohl, Jean-Marie.«

Zweites Kapitel

Eine Morgenunterhaltung

Doktor Desprez pflegte früh aufzustehen. Noch ehe der Rauch in die Lüfte stieg, ehe der erste Viehwagen auf dem Wege zur Tagesarbeit auf den Feldern über die Brücke holperte, konnte man ihn in seinem Garten spazierengehen sehen. Bald pflückte er eine Weintraube, bald aß er unter dem Spalier eine Birne; bald zeichnete er alle möglichen Schnörkel mit dem Stock auf den Gartenweg; dann wieder ging er zum Fluß hinunter und sah dem endlos fließenden Wasser zu, das an dem hölzernen Landungssteg, wo sein Boot angekettet lag, vorüberströmte. Zum Theoretisieren, pflegte er zu sagen, gäbe es keine bessere Zeit als die Morgenfrühe. »Ich stehe früher auf als sonst irgend einer im Dorfe«, prahlte er einmal. »Folglich weiß ich auch mehr als alle anderen und suche mein Wissen weniger auszunutzen.«

Der Doktor war ein Kenner in Sonnenaufgängen und liebte als Auftakt für den Tag einen guten theatralischen Effekt. Er hatte eine eigene Theorie über den Tau, nach der er das Wetter vorauszusagen vermochte. Ja, die meisten Dinge mußten zu diesem Zweck herhalten: der Klang der Glocken aus den umliegenden Dörfern, der Geruch des Waldes, die Wanderungen und das Verhalten der Vögel wie der Fische, das Aussehen der Pflanzen in seinem Garten, die Wolkenbildungen, die Farbe des Lichts, und, als letztes und wichtigstes, ein ganzes Arsenal meteorologischer Instrumente, die in einem Verschlag auf dem Rasen geborgen waren. Seit seiner Niederlassung in Gretz hatte er sich allmählich zu dem Lokalmeteorologen und freiwilligen Verfechter des dortigen Klimas entwickelt. Anfänglich glaubte er, daß es im ganzen Arrondissement keinen gesünderen Flecken gäbe als Gretz; schon nach zwei Jahren behauptete er, es gäbe keinen zuträglicheren Ort in dem ganzen Departement. Und bereits seit längerer Zeit vor seinem Zusammentreffen mit Jean-Marie war er bereit, ganz Frankreich und den größeren Teil von Europa in die Schranken zu rufen, daß kein Ort sich mit seinem Lieblingsaufenthalt messen könnte.

»Doktor,« pflegte er zu sagen, »die Bezeichnung Doktor hat einen üblen Klang. Man sollte sie vor Damen nicht gebrauchen. Sie ge-

mahnt an Krankheiten. Ich betrachte es als einen Mangel unserer
Zivilisation, daß wir nicht den nötigen Abscheu vor Krankheiten
haben. Ich, für meinen Teil, habe wie Pontius Pilatus meine Hände
rein davon gewaschen; ich habe auf meinen Laureatus verzichtet;
ich bin kein Doktor; ich bin ein schlichter Beter vor dem Altar der
wahren Göttin Hygieia. Glauben Sie mir, sie ist es, die den Cestus
trägt! Und hier, in diesem verborgenen Weiler, hat sie ihren Tempel
ausgeschlagen: hier haust sie, hier streut sie freigebig ihre Gaben
aus. Hier wandle ich in frühen Morgenstunden in ihrer Gesellschaft,
und sie zeigt mir, wie stark sie die Bauern gemacht, wie fruchtbar
die Felder, wie stattlich unter ihren Augen die Bäume wachsen, wie
in ihrer Gegenwart die Fische behend und sauber werden. – Rheumatismus!« pflegte er wohl bei einer vorwitzigen Unterbrechung
auszurufen,»ja, ja, ich gebe schon zu, daß wir einigen Rheumatismus haben. Das läßt sich, wissen Sie, kaum vermeiden, wenn man
an einem Flusse gelegen ist. Und natürlich ist der Ort ein wenig
niedrig gelegen; und die Wiesen sind auch ohne Zweifel etwas
sumpfig. Aber sehen Sie sich, lieber Herr, einmal Bourron an!
Bourron liegt hoch. Bourron hat einen Wald in der Nähe; Ozon die
Hülle und Fülle, sollte man meinen. Und im Vergleich mit Gretz ist
Bourron doch ein Loch.«

Am Morgen, nachdem man ihn zu dem sterbenden Gaukler gerufen hatte, machte er dem Landungsplatz am Fuße feines Gartens
einen Besuch und schaute angelegentlich ins fließende Wasser. Das
nannte er seine Andacht halten; ob indes sein Gottesdienst der Göttin Hygieia oder einer orthodoxeren Gottheit galt, war niemals ein-
wandfrei zu ergründen. Tat er doch mitunter dunkle Orakelsprü-
che, wie: daß der Fluß ein Sinnbild der körperlichen Gesundheit sei;
dann wieder pries er ihn als gewaltigen Verkünder der Moral, der
dem gequälten menschlichen Geist unablässig Frieden, Kontinuität
und Beharrlichkeit vorpredige. Nachdem er einige Meilen klaren
Stromes an sich hatte vorüberfließen lassen und etliche Fische als
schmalen Silberstreifen an die Oberfläche hatte tauchen sehen,
nachdem er ferner nach Herzenslust die langen Schatten der Bäume
bewundert, die vom jenseitigen Ufer halb über den Fluß herüber-
ragten und schwimmende Sonnenflecke auf den Wasserspiegel
zeichneten, schlenderte er mit dem Gefühl verjüngter Frische durch
den Garten ins Haus zurück und auf die Straße.

Das Geräusch seiner Schritte auf dem Fahrdamm leitete das Geschäft des Tages ein, da das Dorf noch in festem Schlafe lag. Der Kirchturm sah im Sonnenglanze besonders luftig aus; vereinzelte Vögel, die ihn umkreisten, schienen in einer Atmosphäre von ungewöhnlicher Leichtigkeit zu schweben, und der in Begleitung seines langen, durchsichtigen Schattens schreitende Doktor sog seine Lungen voll Luft und gestand sich, mit dem Morgen recht wohl zufrieden zu sein. Vor Tentaillons Toreinfahrt gewahrte er eine dunkle, kleine Gestalt gedankenvoll auf einem der Pfosten hocken und erkannte augenblicks Jean-Marie.

»Aha!« sagte er und blieb, beide Hände in launiger Haltung auf die Schenkel gestützt, vor ihm stehen. »Wir find also Frühaufsteher, so, so? Es scheint, wir haben sämtliche Laster der Philosophen.«

Der Junge stellte sich auf die Füße und machte eine ernsthafte Verbeugung.

»Und wie geht es unserem Patienten?« fragte Desprez. Es stellte sich heraus, daß es ihm unverändert

»Und weshalb stehst du morgens so früh auf?« fragte er weiter.

Jean-Marie gestand nach langem Schweigen, daß er es selbst kaum wüßte.

»Du weißt es kaum?« wiederholte Desprez. »Wir wissen schwerlich etwas, junger Mann, was wir nicht zu erlernen suchen. Befrage dein Bewußtsein. Komm, gehen wir dieser Frage auf den Grund. Tust du es gern?« »Ja,« sagte der Junge sehr langsam, »ja, ich tue es gern.«

»Und weshalb tust du es gern?« fuhr der Doktor fort. »(Wir befolgen jetzt die sokratische Methode.) Weshalb tust du es gern?«

»Es ist überall so still,« entgegnete Jean-Marie; »und ich habe nichts zu tun; und dann kommt es mir vor, als wäre ich gut.«

Doktor Desprez nahm auf dem gegenüberliegenden Pfosten Platz. Er fing an, der Unterhaltung Interesse abzugewinnen, denn es war klar, daß der Junge vor dem Reden nachdachte und daß er wahrheitsgemäß zu antworten suchte. »Es scheint also, daß du Geschmack am Gutsein findest«, sagte der Doktor. »Darin gibst du mir allerdings ein Rätsel auf; denn ich dachte, du sagtest, du seist ein Dieb; und beides ist unvereinbar.«

»Ist Stehlen denn so schlimm?« fragte Jean-Marie.

»Es gilt im allgemeinen dafür, mein Jungchen«, erwiderte der Doktor.

»Nein; ich meine, so wie ich gestohlen habe«, erklärte der andere. »Ich konnte ja gar nicht anders. Ich meine, es ist doch recht, Brot zu haben; es muß doch recht sein, weil man es so entbehrt, wenn man es nicht hat. Dann haben sie mich auch schrecklich geschlagen, wenn ich ohne etwas heimkam«, fügte er hinzu. »Ich wußte schon, was gut und böse ist; vordem hat mich ein Priester ganz genau unterrichtet, und er war sehr gut zu mir.« (Der Doktor schnitt bei dem Ausdruck »Priester« eine gräßliche Fratze.) »Es schien mir etwas ganz anderes zu sein, wenn man nichts zu essen hat und dafür geschlagen wird. Ich hätte ja, glaube ich, keinen Kuchen gestohlen; aber Bäckerbrot hätte doch jeder genommen.«

»Und dann,« sagte der Doktor mit immer höhnischerer Grimasse, »hast du vermutlich Gott um Verzeihung gebeten und ihm den Fall haarklein auseinandergesetzt.«

»Warum denn, Herr?« fragte Jean-Marie. »Ich verstehe Sie nicht.«

»Dein Priester würde mich schon verstehen«, entgegnete Desprez.

»Meinen Sie?« fragte, zum erstenmal beunruhigt, der Junge. »Ich glaubte immer, Gott wüßte Bescheid.«

»Was?« knurrte bissig der Doktor.

»Ich glaubte immer, Gott würde mich verstehen«, versetzte der andere. »Sie verstehen mich, wie ich sehe, nicht; aber Gott hat mir doch den Gedanken eingegeben, nicht wahr?«

»Jungchen, Jungchen,« sagte Doktor Desprez, »habe ich dir nicht gesagt, daß du die Laster der Philosophen besaßest; wenn du obendrein noch ihre Tugenden zeigst, so muß ich gehen. Ich bin Studierender der göttlichen Lehren der Gesundheit, ein Beobachter der schlichten und mäßigen Natur auf ihren täglichen Gängen, und ich bin außerstande, in Gegenwart eines Ungeheuers meinen Gleichmut zu bewahren. Hast du mich verstanden?«

»Nein, Herr«, sagte der Junge.

»Ich will dir klarmachen, was ich meine«, entgegnete der Doktor. »Betrachte einmal den Himmel – zuerst dort hinter dem Glockenturm, wo er so licht ist, dann höher und immer höher – beug nur den Kopf ganz zurück – bis an den Scheitelpunkt der Kuppel, –wo sie schon blau wie am Mittag ist. Ist das nicht eine schöne Farbe? Erfreut sie nicht das Herz? Wir haben sie unser Leben lang gesehen, bis sie uns zur Gewohnheit geworden ist. Jetzt«, in einen anderen Ton fallend, »nimm einmal an, der Himmel würde plötzlich glühend und grell bernsteinfarben, wie lebendige Kohlen, und am Scheitelpunkt scharlachrot – ich will nicht sagen, daß er weniger schön wäre; aber würde er dir so gut gefallen?«

»Wahrscheinlich nicht«, antwortete Jean-Marie.

»Ebensowenig kann ich dich leiden«, entgegnete schroff der Doktor. »Ich hasse alle merkwürdigen Menschen, und du bist der seltsamste kleine Junge von der Welt.« Jean-Marie schien eine Weile tief nachzudenken, hob dann den Kopf und sah den Doktor mit einem Blick aufrichtiger Wißbegierde an. »Sind Sie denn aber nicht auch ein recht seltsamer Herr?« fragte er.

Der Doktor warf seinen Stock weg, sprang auf den Jungen zu, drückte ihn an die Brust und küßte ihn auf beide Wangen. »Göttlicher, göttlicher Schlingel!« schrie er. »Welch ein Morgen, welch eine Stunde für einen zweiundvierzigjährigen Theoretiker! Nein,« fuhr er zum Himmel gewendet fort, »ich wußte nicht, daß solche Jungen existieren; ich ahnte nicht, daß ihresgleichen erschaffen waren; ich zweifelte an meiner Rasse, – und jetzt! Es ist,« fügte er hinzu und hob den Stock auf, »es ist, als hätten sich zwei Liebende gefunden. Ich habe in einem Augenblick der Begeisterung meinen Lieblingsstock beschädigt. Der Schaden ist jedoch gering.« Er entdeckte, daß der Junge ihn offensichtlich erstaunt, verlegen und erschrocken anblickte. »Hallo!« sagte er, »warum siehst du mich so an? Donnerwetter, ich glaube gar, der Junge verachtet mich. Verachtest du mich. Junge?«

»Ach nein«, erwiderte ernsthaft Jean-Marie; »ich verstehe nur nicht.«

»Sie müssen mich entschuldigen, Herr«, entgegnete gesetzt der Doktor, »ich bin ja noch so jung. Hol' ihn der Teufel!« fügte er zu sich selbst hinzu, begab sich wieder aus seinen Platz und beobachtete den Jungen ironisch. »Er hat mir meine Morgenruhe gestört«, dachte er. »Ich werde den ganzen Tag über nervös sein und mir während der Verdauung ein Fieberchen holen. Fassen wir uns!« Damit wandte er sich mit einiger Willensanstrengung, in der er sich seit langem geübt hatte, von dem ab, was ihn beschäftigte, und ließ seine Seele in beschaulicher Betrachtung des Morgens in die Ferne schweifen. Kritisch sog er die Luft ein, wie ein Kenner den Wein, und atmete sie langsam mit hygienischem Behagen wieder aus. Er zählte die Wölkchen am Himmel und tat es den Vögeln nach, die um den Kirchturm kreisten. In weitem Bogen schossen die Gedanken zum Himmel, verharrten ein Weilchen in der Schwebe, schlugen in der Phantasie luftige Purzelbäume oder regten im Winde die imaginären Flügel. Und so gewann er den Frieden der Seele und seine animalische Ruhe zurück, ward sich seiner Glieder, seiner Augen bewußt, bewußt, daß die Luft sich kühl wie eine Frucht an seinen Gaumen legte, und begann schließlich vollkommen entzückt zu singen. Der Doktor kannte nur eine einzige Melodie: ›Marlborough s'en va-t-en guerre‹, und auch mit der stand er auf reinem Grußfuß. Seine musikalischen Exkursionen waren daher stets nur Momenten der Einsamkeit und vollkommenen Glücks vorbehalten.

Ein schmerzlicher Ausdruck auf dem Gesichte des Jungen rief ihn unvermittelt zur Erde zurück. »Was hältst du von meinem Singen?« fragte er, mitten in einer Zeile innehaltend, und wiederholte, nachdem er eine Weile vergeblich auf Antwort gewartet hatte, gebieterisch: »Was hältst du davon?«

»Es gefällt mir nicht«, stammelte Jean-Marie.

»Na, Na!« rief der Doktor. »Kannst du etwa selber singen?«

»Besser als das schon«, antwortete der Junge.

Der Doktor starrte ihn einen Augenblick versteinert an. Er fühlte, daß er sich ärgerte, mußte über sich selbst erröten und wurde folglich noch ärgerlicher. »Wenn das die Art ist, in der du mit deinem Herrn redest!« meinte er schließlich achselzuckend und gestikulierend.

»Mit ihm rede ich überhaupt nicht«, erwiderte der Junge. »Ich mag ihn nicht leiden.«

»Mich magst du also leiden?« versetzte Doktor Desprez bissig und mit ungewöhnlichem Eifer.

»Ich weiß nicht«, antwortete Jean-Marie.

Der Doktor erhob sich. »Ich wünsche dir guten Morgen«, sagte er. »Du bist zuviel für mich. Vielleicht hast du Blut in den Adern, vielleicht himmlischen Chor, vielleicht kreist auch nichts Gröberes als respirable Luft in dir. Von einem bin ich jedenfalls unauslöschlich überzeugt: du bist kein menschliches Wesen. Nein, Junge,« – er drohte ihm mit dem Stock – »ein menschliches Wesen bist du nicht. Merke es dir, grab es in dein Gedächtnis ein. – Ich bin kein menschliches Wesen, habe keinen Anspruch darauf, ein menschliches Wesen zu sein – ich bin ein Traum, ein Engel, ein Akrostichon, ein Wahngebilde, kurz, was du willst, nur kein menschliches Wesen. Und hiermit genehmige meinen untertänigsten Gruß und gehab dich wohl!«

Mit diesen Worten machte sich der Doktor in nicht gelinder Aufregung die Straße hinab und davon, und ließ den Jungen innerlich starr vor Staunen zurück.

Drittes Kapitel

Die Adoption

Madame Desprez, eine rundliche Brünette, die auf den Rufnamen Anastasie hörte und außerordentlich gut anzusehen war, stellte mit ihren kühlen glatten Wangen, ruhigen dunklen Augen und Händen, die weder Kunst noch Natur hätten vollkommener gestalten können, einen angenehmen Typus ihres Geschlechts dar. Sie gehörte zu den Menschen, über die das Unglück wie eine Sommerwolke hinweggeht; in schlimmen Fällen pflegte sie vorübergehend die Stirn zu runzeln, bis eine einzige senkrechte Falte hervortrat, die aber im nächsten Augenblick wieder verschwand. Sie hatte viel von der Gelassenheit einer zufriedenen Nonne, ohne jedoch, wie diese, fromm zu sein; denn Anastasie war eine recht weltliche Natur mit einer Schwäche für Austern und alten Wein und gewagte Scherze, und ihrem Manne mehr um ihrer selbst als um seinetwillen ergeben. Sie war unverbrüchlich guter Laune, wenn auch ohne jede Opferwilligkeit. In jenem hübschen alten Hause mit dem grünen Garten dahinter und bunten Blumen vor den Fenstern zu leben, vom Essen und Trinken stets das Beste zu haben, ein Viertelstündchen mit der Nachbarin schwätzen zu können, niemals ein Mieder und nur bei Besorgungen in Fontainebleau ein Kleid tragen zu müssen, ständig mit gepfefferten Romanen versorgt zu werden und ohne Grund zur Eifersucht mit Doktor Desprez verheiratet zu sein, füllte den Kelch ihrer Natur zum Überfließen. Wer Doktor Desprez aus seiner Junggesellenzeit her kannte, wahrend der er zwar nicht minder voll von Theorien, aber von ganz Andersartigem, gesteckt hatte, schrieb seine gegenwärtige Philosophie dem Studium von Anastasie zu. Ihre animalische Genußfreude pflegte er zu rationalisieren und, vielleicht vergeblich, zu imitieren.

Madame Desprez produzierte sich in der Küche als Künstlerin und verstand den Kaffee bis zur Vollendung zuzubereiten. Sie besaß die Gabe der Ordnung, die sie auf den Doktor übertragen hatte. Alles stand an seinem Platz; was polierbar war, glänzte prachtvoll, und Staub war aus ihrem Reiche verbannt. Aline, ihr einziges Dienstmädchen, hatte nichts in der Welt zu tun als zu scheuern und zu putzen. So lebte denn Doktor Desprez in seinem Hause wie ein gut gemästetes Kalb und wurde nach Herzenslust verwöhnt und gehätschelt. Das Mittagsmahl war vortrefflich. Es gab eine reife Melone, einen Fisch aus dem Fluß in einer bemerkenswerten béarnaiser Sauce, Frikassee von einem fetten Huhn, ein Spargelgericht und Obst als Nachtisch. Der Doktor trank als eheliches Privileg eine halbe Flasche plus einem Glas, seine Frau eine halbe Flasche minus der gleichen Menge ausgezeichneten siebenjährigen Côte-Rotie. Dann wurde der Kaffee hereingebracht, mit einer Flasche Chartreuse für Madame, denn der Doktor verachtete derartiges Gebräu und mißtraute ihm, und dann überließ Aline das Paar den Freuden der Erinnerung und der Verdauung.

»Es ist ein großes Glück, meine Teure,« bemerkte der Doktor, »dieser Kaffee ist adorabel – im großen und ganzen ein großes Glück – Anastasie, ich bitte dich, laß das Gift heute sein; laß es einen einzigen Tag und du wirst, bei meinem Rufe als Arzt, den Nutzen davon spüren.«

»Was ist ein großes Glück, mein Freund?« erkundigte sich Anastasie, ohne auf seinen täglich wiederkehrenden Protest zu achten.

»Daß wir keine Kinder haben, meine Schöne,« entgegnete der Doktor. »Je älter wir werden, um so öfter muß ich daran denken und um so mehr wächst meine Dankbarkeit gegen die Macht, die uns dieses Kreuz erspart hat. Wie sehr hätten nicht deine Gesundheit, mein Liebling, meine nachdenkliche Muße, unsere kleinen Leckerbissen darunter leiden müssen, welche Opfer hätten wir bringen müssen! Und zu welchem Zweck? Kinder sind der Inbegriff der menschlichen Unvollkommenheit. Die Gesundheit flieht vor ihrem Angesicht. Sie weinen, meine Liebe; sie stellen lästige Fragen; sie verlangen, daß man sie füttert, wäscht, erzieht, ihnen die Nase putzt. Und wenn man sie soweit hat, darin brechen sie einem das Herz, so wie ich dieses Stückchen Zucker zerbreche. Ein Paar ausgesprochene Egoisten wie du und ich sollten der Nachkommenschaft wie einer Untreue aus dem Wege gehen.«

»Was du sagst!« meinte sie lachend. »Das sieht dir wieder einmal ähnlich – dich mit einer Sache zu brüsten, für die du nichts kannst.«

»Liebes Kind,« entgegnete der Doktor, »wir hätten ja welche adoptieren können.«

»Niemals!« rief Madame. »Niemals mit meiner Zustimmung, Doktor. Ein Kind von meinem eigenen Fleisch und Blut, gut. Aber mir eines anderen Menschen Fehltritt aufladen, dazu, mein lieber Freund, bin ich zu vernünftig.«

»Sehr richtig,« erwiderte der Doktor. »Beide waren wir zu vernünftig. Und dein Verstand entzückt mich um so mehr, als – als –.« Er sah ihr scharf ins Gesicht.

»Als was?« fragte sie in dem leisen Vorgefühl kommender Gefahr.

»Als ich jetzt das richtige Wesen gefunden habe,« entgegnete mit Festigkeit der Doktor, »und es noch heute nachmittag adoptieren werde.«

Anastasie sah ihn wie durch einen Nebel an. »Du hast den Verstand verloren,« sagte sie, und in ihrer Stimme war ein Ton, der nichts Gutes verhieß.

»Durchaus nicht, meine Liebe,« war seine Antwort; »ich bin in vollem Besitz meiner Geisteskräfte. Zum Beweis: statt meine Inkonsequenz bemänteln zu wollen, habe ich sie im Gegenteil, um dich vorzubereiten, erst recht betont. Du wirst darin, wie ich glaube, den Philosophen wiedererkennen, der das überschwengliche Glück hat, dich Gattin zu nennen. Tatsache ist, daß ich bisher stets ohne den Zufall gerechnet habe. Ich glaubte niemals, einen Sohn von mir finden zu können. Gestern nacht habe ich ihn aber gefunden. Beunruhige dich nicht unnötig, meine Liebe; er hat, soviel ich weiß, nicht einen einzigen Tropfen Blut von mir. Sein Geist, mein Liebling, sein Geist ist es, der mich Vater nennt.«

»Sein Geist!« wiederholte sie mit halb hysterischem, halb verächtlichem Lachen. »Wirklich, sein Geist! Henri, ist dies ein blöder Scherz, oder bist du toll geworden? Sein Geist! Und wie steht es mit dem meinigen?«

»Das,« versetzte der Doktor achselzuckend, »das ist der wunde Punkt. Er wird meiner ewig schönen Anastasie im höchsten Maße antipathisch sein. Sie wird ihn niemals verstehen; er wird sie niemals verstehen. Du hast den animalischen Teil meiner Natur geheiratet, mein Herz; meine geistige Affinität habe ich in Jean-Marie gefunden und zwar in so hohem Maße, daß ich, um die Wahrheit zu sagen, mitunter selbst vor ihm Angst habe. Du hast zweifellos sofort begriffen, daß ich hiermit für dich ein Unglück angekündigt habe. Bitte,« versetzte er, in einen Ton aufrichtiger Besorgnis fallend, »bitte, brich nicht nach dem Essen in Tränen aus, Anastasie. Du wirst entschieden an Verdauungsstörungen leiden.«

Anastasie faßte sich. »Du weißt, wie gerne ich dir in allem nachgebe,« sagte sie, »in allen vernünftigen Dingen. Aber in diesem Punkt ...«

»Mein liebes Herz,« unterbrach sie der Doktor hastig, um einer Weigerung zuvorzukommen, »wer hatte den Wunsch, von Paris fortzuziehen? Wer hat mich gezwungen, die Karten aufzugeben, die Oper, den Boulevard, meine gesellschaftlichen Beziehungen, kurz alles, was vor unserer Bekanntschaft mein Leben ausmachte? Bin ich dir treu gewesen? Bin ich dir gefolgt? Habe ich mein Schicksal nicht mit Heiterkeit ertragen? Sei ehrlich, Anastasie, habe ich nicht ein Recht, jetzt meinerseits Forderungen zu stellen? Ich habe es, und du weißt es auch. Ich fordere meinen Sohn.«

Anastasie fühlte ihre Niederlage und zog sofort die Flagge ein. »Du brichst mir noch das Herz,« seufzte sie »Durchaus nicht,« sagte er. »Du wirst dich vier Wochen lang ein wenig unbehaglich fühlen, so wie ich es tat, als ich nach diesem abscheulichen Dorfe gebracht wurde; dann werden dein bewunderungswürdiger Verstand und deine gute Laune triumphieren, und ich sehe dich bereits zufrieden wie immer deinen Gatten zum glücklichsten aller Sterblichen machen.«

»Du weißt, daß ich dir nichts abschlagen kann,« sagte sie mit letztem, schwindendem Widerstande, »nichts, das dich wirklich glücklich macht. Wird es aber hiermit auch der Fall sein? Bist du dessen sicher, lieber Mann? Du sagst, du hättest ihn erst gestern nacht gefunden. Er kann ein ausgemachter Schwindler sein.«

»Ich glaube nicht,« erwiderte der Doktor. »Aber glaube ja nicht, daß ich so unvorsichtig bin, ihn sofort zu adoptieren. Ich bin, wie ich mir schmeichle, ein vollendeter Weltmann; ich habe alle Möglichkeiten ins Auge gefaßt. Mein Plan rechnet mit ihnen allen. Ich nehme den Burschen als Stalljungen auf. Maust er, murrt er, will er wieder fort, so werde ich einsehen, daß ich mich geirrt habe. Ich werde ihn alsdann nicht als einen Sohn von mir anerkennen und ihn wieder auf die Landstraße schicken.«

»Das wirst du niemals tun, wenn es erst soweit ist,« sagte seine Frau; »ich kenne dein gutes Herz.«

Sie streckte ihm mit einem Seufzer die Hand entgegen; der Doktor lächelte, als er sie ergriff und an die Lippen führte. Der Sieg war ihm leichter geworden, als er zu hoffen gewagt hatte. Wohl zum zwanzigsten Male hatte er die Wirksamkeit seines zuverlässigsten Gegenmittels erprobt, seines guten Schwerts Excalibur: die Rückkehr nach Paris. Ein sechsmonatiger Aufenthalt in der Hauptstadt bedeutete für einen Mann mit den Antezedenzien und Beziehungen Doktor Desprez' keine geringere Kalamität als den absoluten Ruin. Anastasie hatte die Reste seines Vermögens dadurch gerettet, daß sie ihn fest auf dem Lande angekettet hielt. Schon das Wort Paris genügte, um sie in Heidenangst zu versetzen. Lieber hätte sie ihrem Manne gestattet, sich hinten im Garten eine ganze Menagerie zu halten, von einem simplen Stalljungen ganz zu schweigen, als auch nur die Frage der Rückkehr aufs Tapet zu bringen.

Ungefähr um vier Uhr nachmittags gab der Gaukler seinen Geist auf; seit dem Anfall hatte er das Bewußtsein nicht wieder erlangt. Doktor Desprez wohnte seiner letzten Reise bei und erklärte die Farce für beendet. Darauf nahm er Jean-Marie bei der Schulter und führte ihn in den Garten des Gasthofs, wo neben dem Fluß eine bequeme Bank stand. Hier setzte er sich hin und hieß den Jungen sich zu seiner Linken niederlassen.

»Jean-Marie,« sagte er sehr ernsthaft, »diese Welt ist ungeheuer groß, und selbst Frankreich, das nur ein Zipfelchen von ihr darstellt, ist für einen kleinen Jungen wie dich ein weites Land. Unglücklicherweise steckt es voll eifriger, vorwärtsstrebender Menschen; und im Vergleich zu so vielen Mäulern sind die Bäckerläden nur recht dünn gesät. Dein Herr ist tot; du bist nicht imstande, dir selbst dein Brot zu verdienen; du willst doch auch nicht stehlen? Nein. Deine Lage ist also unerfreulich? Ja, im Augenblick sogar kritisch. Andererseits siehst du in mir einen zwar nicht alten, aber ältlichen Mann, der sich immer noch der Jugend seines Herzens erfreut; ein Mann der Bildung, der in weltlicher Hinsicht bequem situiert ist und eine gute Tafel führt: kurz, ein Mann, der weder als Freund noch als

Wirt zu verachten ist. Ich biete dir Nahrung und Kleidung an und will dich abends unterrichten, was bei einem Jungen mit deinen Anlagen unendlich viel besser anschlagen wird, als wenn sämtliche Priester Europas es täten. Ich schlage dir keinerlei Lohn vor, sollte dir jedoch jemals der Gedanke kommen, mich zu verlassen, so wirst du die Tür offen finden, und ich werde dir zu deinem Eintritt in die Welt hundert Franken schenken. Dagegen habe ich ein altes Pferd mit Chaise, das sauber und in Ordnung zu halten du sehr rasch, erlernen würdest. Beeile dich ja nicht, zu antworten, nimm an oder lehne ab, ganz wie du es für richtig hältst. Vergiß nur nicht, daß ich kein sentimentaler oder wohltätiger Mensch bin, und daß, wenn ich dir diesen Vorschlag mache, ich meinen eigenen Zweck dabei verfolge – weil ich nämlich meinen Vorteil dabei ganz klar ins Auge gefaßt habe. Und jetzt überlege es dir.«

»Ich werde mich sehr freuen. Ich wüßte gar nicht, was ich sonst anfangen sollte. Ich danke Ihnen von Herzen, Herr, und werde versuchen, mich nützlich zu machen,« sagte der Junge.

»Danke,« sagte der Doktor warm, indem er sich erhob und sich die Stirn trocknete, denn er hatte Qualen ausgestanden, solange die Sache in der Schwebe war. Eine Weigerung hätte ihn nach der Szene am Mittag mit Anastasie lächerlich gemacht. »Wie heiß und schwül der Abend ist, findest du nicht auch? Ich habe von jeher gewünscht, im Sommer ein Fisch zu sein hier in der Loing bei Gretz, Jean-Marie. Dann würde ich mich unter einer Seerose verstecken und den Glocken zuhören, die von da unten ganz wunderbar zart klingen müssen. Das wäre noch ein Leben – meinst du nicht auch?«

»Ja,« sagte Jean-Marie.

»Gott sei Dank, du hast Phantasie,« rief der Doktor und umarmte den Jungen mit der ihm eigenen überströmenden Herzlichkeit, obwohl die Prozedur den Leidtragenden fast ebensosehr aus der Fassung brachte wie einen gleichaltrigen englischen Schulbuben. »Und jetzt,« fügte er hinzu, »will ich dich zu meiner Frau bringen.«

Madame Desprez saß in einem kühlen Morgenrock im Eßzimmer. Alle Läden waren heruntergelassen und die mit Kacheln ausgelegte Diele erst vor kurzem mit Wasser besprizt. Sie hielt die Augen halb geschlossen, obwohl sie bei dem Eintritt der beiden vorgab, einen Roman zu lesen. Trotz ihrer Rührigkeit liebte sie es doch, sich von

Zeit zu Zeit auszuruhen, und besaß einen ganz außergewöhnlichen Appetit für Schlaf.

Der Doktor entledigte sich einer feierlichen Vorstellungszeremonie, an deren Schluß er im Hinblick auf beide Teile hinzufügte: »Ihr müßt um meinetwillen versuchen, einander gern zu haben.«

»Er ist sehr hübsch.,« sagte Anastasie. »Willst du mir nicht einen Kuß geben, mein hübsches Kerlchen?«

Der Doktor war wütend und zerrte sie in den Gang hinaus. »Bist du verrückt, Anastasie?« fragte er. »Wo bleibt da der berühmte weibliche Takt? Weiß der Himmel, ich bin ihm noch nie begegnet. Du sprichst mit meinem kleinen Philosophen, als hättest du einen Säugling vor dir. Bitte ihn mit mehr Respekt anzureden; er darf nicht geküßt und eia-popeiat werden wie irgend ein x-beliebiges Kind.«

»Ich hab's doch nur dir zu Gefallen getan, das kannst du mir glauben,« entgegnete Anastasie; »aber ich will mir Mühe geben, es besser zu machen.«

Der Doktor entschuldigte sich wegen seines Eifers. »Weißt du, ich möchte wirklich, daß er sich bei uns zu Hause fühlt,« fuhr er fort. »Und dein Benehmen, meine Teuerste, war tatsächlich so blöde, so gänzlich, so hoffnungslos deplaciert, daß man selbst einem Heiligen einen etwas gar zu heftigen Tadel nicht hätte verargen können. Bitte, bitte, versuche doch, ob nicht auch eine Frau junge Leute zu verstehen vermag – aber das ist natürlich unmöglich – ich hätte ebensogut meine Worte sparen können. So halte wenigstens den Mund und beobachte auf das genaueste mein Verhalten. Es mag dir als Vorbild dienen.«

Anastasie tat, wie ihr geheißen war, und beobachtete des Doktors Verhalten. Sie bemerkte, daß er den Jungen im Laufe des Abends dreimal umarmte und es erreichte, den kleinen Kerl im allgemeinen so verwirrt und schüchtern zu machen, daß er weder zu essen noch zu sprechen vermochte. Allein sie besaß in den kleinen Dingen des Lebens einen echt weiblichen Heroismus. Sie verzichtete nicht nur darauf, an dem Doktor eine billige Rache zu nehmen, indem sie ihm seine Mißgriffe vorhielt, sondern tat noch ihr möglichstes, um deren nachteilige Wirkung auf Jean-Marie aufzuheben. Als Desprez ausging, um vor dem Schlafen ein letztes Mal frische Luft zu schöpfen, ging sie zu dem Jungen hin und nahm ihn bei der Hand.

»Du darfst dich über meines Mannes Art nicht wundern, und mußt auch keine Angst vor ihm haben,« sagte sie. »Er ist der gütigste aller Menschen, aber so klug, daß er manchmal schwer zu verstehen ist. Du wirst dich bald an ihn gewöhnt haben, und dann wirst du ihn liebgewinnen, denn man kann ja gar nicht anders. Was mich betrifft, so kannst du sicher sein, daß ich mein möglichstes tun werde, dich glücklich zu machen, und daß ich dich gar nicht quälen werde. Ich glaube, wir sollten ausgezeichnete Freunde sein, du und ich. Ich bin nicht klug, aber sehr gutmütig. Willst du mir nicht einen Kuß geben?«

Er hielt ihr sein Gesicht hin, und sie nahm ihn in ihre Arme und fing an zu weinen. Sie hatte als Frau in ihrer Gutmütigkeit gesprochen, hatte sich an ihren eigenen Worten erwärmt, und Zärtlichkeit war die Folge. Als der Doktor eintrat, fand er sie innig umschlungen: er schloß daraus, daß seine Frau wiederum einen Fehler begangen hatte, und wollte eben mit fürchterlicher Stimme anfangen: »Anastasie –,« als sie ihn lächelnd ansah und ihm mit dem Finger drohte. Darauf schwieg er erstaunt, während sie den Jungen in seine Dachkammer führte.

Viertes Kapitel

Die Erziehung zum Philosophen

Der adoptierte Stalljunge war somit glücklich in den Haushalt aufgenommen, und das Getriebe des Lebens im Doktorhause setzte seinen Lauf reibungslos fort. Jean-Marie lag am Morgen seinen Stallpflichten ob, half mitunter im Hause, oder ging auch wohl mit dem Doktor spazieren, um aus der Quelle der Weisheit zu schöpfen; abends wurde er dann in die Wissenschaften und in die toten Sprachen eingeführt. Hierbei behielt er die außergewöhnliche innere und äußere Gelassenheit seines Wesens bei; er war selten zu tadeln, machte hingegen in seinen Studien nur recht mäßige Fortschritte und blieb im großen und ganzen ein Fremder in der Familie.

Der Doktor war ein Muster an Gewissenhaftigkeit. Den ganzen Vormittag arbeitete er an seinem großen Werke: »Vergleichende Pharmacopoea, oder historisches Diktionär der medizinischen Wissenschaften«, das vorläufig in der Hauptsache aus Zetteln und Klammern bestand. Später sollte es dann zahlreiche höchst persönliche Bände füllen und antiquarisches Interesse mit wissenschaftlicher Brauchbarkeit vereinen. Allein der Doktor liebte den literarischen Stil und das Pittoreske; eine Anekdote, eine Eigenart, ein moralischer Vorzug oder ein klingendes Epitheton wurden von ihm unfehlbar wissenschaftlichen Qualitäten vorgezogen; es hätte nicht viel gefehlt, und er hätte die »Vergleichende Pharmacopoe‹ in Versen geschrieben. Der Artikel ›Mummia‹ war zum Beispiel schon ganz fertig, obwohl das übrige Werk bis über den Buchstaben ›A‹ nicht gediehen war. Das Ganze war äußerst umfangreich und amüsant, originell und lebendig geschrieben, exakt, gelehrt, eine literarische Abhandlung, hätte indes einem modernen praktischen Arzt wohl schwerlich als Leitfaden gedient. Mit weiblicher Einsicht und Vernunft hatte seine Frau sich denn auch hinreißen lassen, ihm unverblümt über diesen Punkt die Wahrheit zu sagen, denn selbstverständlich wurde ihr das Diktionär auf seinem endlosen Weg zur Vollendung Stufe für Stufe vorgelesen, während sie zwischen Schlafen und Wachen schwebte; ja, der Doktor war in Punkto Mumien ein wenig empfindlich, und pflegte auf Anspielungen in dieser Richtung mitunter sogar mit Heftigkeit zu reagieren.

Nach dem Mittagessen und nach Ablauf einer angemessenen Verdauungsfrist ging er, mitunter allein, mitunter mit Jean-Marie spazieren, da Madame jede andere Art von Strapaze dieser vorzog.

Sie war, wie gesagt, überaus geschäftig, unausgesetzt um ihr leibliches Wohl bemüht und stets bereit, wenn sie nichts zu tun hatte, über einem Romane einzuschlafen, was um so weniger störend wirkte, als sie niemals schnarchte oder während des Schlafes häßlich oder abgespannt aussah. Im Gegenteil, sie war das Bild üppigen, appetitlichen Behagens und pflegte, wenn sie dann plötzlich erwachte, sofort munter zu sein und alle fünf Sinne beisammen zu haben. Eigentlich war sie nicht viel mehr als ein Tier, aber ein liebes Tier, das man gern um sieh hatte. Darin hatte Sie wenig mit Jean-Marie gemein, trotzdem blieb die Sympathie, die am ersten Abend zwischen ihnen entsprungen war, ungeschwächt fortbestehen. Sie unterhielten sich auch dann und wann, meist über hauswirtschaftliche Fragen, und zogen sogar mitunter, zur bittersten Enttäuschung des Doktors, selbander in jenen Tempel entwürdigenden Aberglaubens: die Dorfkirche. Zweimal im Monat fuhren Madame und er, in ihren besten Sonntagskleidern, nach Fontainebleau, von wo sie mit Einkäufen beladen heimkehrten. Mit einem Wort, obwohl der Doktor fortfuhr, sie als zwei unversöhnlich antipathische Naturen zu betrachten, standen sie doch so freundschaftlich, intim und vertraut miteinander, wie ihre Charaktere es gestatteten.

Zwar ist zu befürchten, daß Madame in ihrem tiefsten Herzen den Jungen auf ihre gutmütige Weise verachtete und bemitleidete. Sie hatte für seine Art von Vorzügen nichts übrig; ihr gefielen die aufgeweckten, höflichen, naseweisen, schelmischen Bürschchen, die, schnellfüßig, die Mütze in der Hand, ihr ohne Schüchternheit in die Augen sahen. Sie liebte Redseligkeit, Charme, ein wenig Laster – kurz einen zweiten Doktor Desprez en miniature. Außerdem war es ihr unerschütterlicher Glaube, daß Jean-Marie dumm sei. »Armer lieber Junge,« sagte sie bei einer Gelegenheit, »wie traurig, daß er so dumm ist.« Sie wiederholte diese Bemerkung jedoch niemals, denn Dr. Desprez tobte wie ein wilder Stier, warf ihr die viehische Stumpfheit ihres Gehirns vor, bejammerte sein Los, das ihn so ungleich mit einer Eselin gepaart hatte, und drohte, was Anastasie vor allem naheging, durch feine wütenden Gestikulationen das Tafelservice zu zerschmettern. Sie hielt jedoch im Stillen an ihrer Ansicht fest, und wenn Jean-Marie in stoischer, gedankenloser Ruhe, ohne jedoch unglücklich zu sein, über seinen unvollendeten Aufgaben brütete, benutzte sie die Abwesenheit des Doktors, um zu ihm hinzugehen, die Arme um seinen Hals zu legen, ihre Wange an die seine zu lehnen und ihm ihr Mitgefühl für seine Nöte zu bezeigen. »Nimm es dir nicht zu Herzen,« pflegte sie zu sagen, »auch ich bin gar nicht klug, und du kannst mir glauben, es macht im Leben nichts aus.« Der Doktor war natürlich ganz anderer Ansicht. Dieser liebenswürdige Herr ward es nie müde, sich selbst reden zu hören, und er hatte ja in der Tat eine recht angenehme Stimme. Jetzt endlich hatte er einen Zuhörer gesunden, der nicht Anastasiens zynischen Gleichmut besaß, und der ihn überdies durch die treffendsten Einwände auf dem Qui Vive erhielt. Und galt es nicht außerdem, den Jungen zu erziehen? Darin find sich sämtliche Philosophen einig, daß die Erziehung der Jugend die philosophischste aller Pflichten ist. Und kann den armen Sterblichen etwas Himmlischeres passieren, als wenn ihr Steckenpferd sich zu einer Staatsbürgerpflicht auswächst? Dann, wahrlich, verwandeln sich die Gewohnheiten des Lebens zu Genüssen. Noch nie hatte der Doktor so sehr Ursache gehabt, mit seiner Begabung zufrieden zu sein. Die Philosophie floß ihm nur so von den Lippen. Er war ein so gewandter Dialektiker, daß er seinen Unsinn, wenn nötig, auf irgend einen sinnvollen Ursprung zurückzuführen vermochte und ihn als Blüten seines Systems verkleidete. Den Antinomien entschlüpfte er wie ein Fisch und versetzte seinen Junger in Erstaunen über des Rabbis Abgründigkeit.

Überdies war er in der tiefsten Tiefe seines Herzens enttäuscht über den Mißerfolg seines formalen Unterrichts. Ein Junge, den ein so scharfsinniger Beobachter aus Grund seiner Fähigkeiten auserlesen hatte, und dem ein so philosophischer Erzieher den Weg zur Weisheit wies, mußte nach den Gesetzen des Universums offensichtlichere und gründlichere Fortschritte machen. Nun war aber Jean-Marie in allen Dingen schwerfällig und in manchen Dingen unergründlich; und sein Talent zum Vergessen hielt mit seinem Talent zum Lernen Schritt. Daher legte der Doktor ganz besonderen

Wert auf die peripatetischen Vorträge, denen der Junge beiwohnte, die ihm gewöhnlich Freude machten, und aus denen er nicht selten lernte. Viele, viele solche Unterhaltungen fanden zwischen den beiden statt, und Gesundheit und Mäßigung waren der Gegenstand von Doktor Desprez Abschweifungen. Zu ihm kehrte er immer wieder zurück.

»Ich führe dich,« pflegte er zu sagen, »durch grüne Triften. Mein System, mein Glaube, meine Medizin lassen sich in einen einzigen Satz zusammenfassen – meide den Exzeß. Natur, die göttliche, gesunde, mäßige Natur verabscheut und vernichtet den Exzeß. Die menschlichen Gesetze eisern, wenn auch in großen Abständen, darin ihren Bestimmungen nach, und an uns ist es, die Gesetze in ihren Bestrebungen zu unterstützen. Jawohl, Junge, wir müssen uns selbst und unseren Mitmenschen gegenüber das Gesetz darstellen – lex armata – das bewaffnete, gebieterische, tyrannische Gesetz. Siehst du ein gebrechliches menschliches Wesen Schnupftabak nehmen, so schlage ihm die Dose aus der Hand! Der Richter ist mir, obwohl er gleichfalls eine Konzession an das Übel darstellt, doch ein geringeres Greuel als der Arzt oder der Priester. Vor allem der Arzt – der Arzt und der ganze faule Plunder und Trödel seiner Pharinacopoea! Reine Luft – vorzüglich aus der Nähe eines Fichtenhaines, wegen des Terpentins, – unverschnittenen Wein und die Betrachtungen eines arglosen Gemütes angesichts der Werke der Natur – diese, mein Junge, sind die besten Medikamente – und die trefflichste Erbauung. Ihnen gib dich hin. Horch! Sind das nicht die Glocken von Bourron? (Der Wind steht im Norden, es wird also schönes Wetter werden). Welch klarer, luftiger Ton! Die Nerven legen sich zur Ruhe; der Geist ist auf Schweigen gestimmt. Bemerke nur, wie leicht und regelmäßig dein Herz klopft! Der unaufgeklärte Arzt würde diesen Empfindungen zwar nichts entnehmen; du selbst jedoch erkennst sie als die Zeichen der Gesundheit. – Hast du übrigens heute morgen an deine Chinarinde gedacht? Gut! Chinarinde ist gleichfalls ein Werk der Natur; es ist schließlich nur ein Teil eines Baumes, und wir könnten sie uns selbst sammeln, wenn wir in jenen Gegenden lebten. – Welch eine wunderbare Welt! Mir als überzeugtem Atheisten ist es dennoch eine Freude, für die Welt Zeugnis ablegen zu können. Denk an die Heilmittel und Genüsse, die kostenlos unsern Pfad umgeben! Am Saume unseres Gartens fließt der Fluß vorbei, unser Bad, unser Fischteich, unsere natürliche Drainageanlage. Im Hofe ist ein Brunnen, der funkelndes Wasser in Hülle und Fülle aus dem Herzen der Erde emporschickt, sauberes, kühles Wasser, das mit ein wenig Wein vermischt äußerst zuträglich ist. Der Bezirk ist als gesund berühmt; Rheumatismus ist das einzige endemische Übel, und ich selbst habe bisher nicht das geringste davon gespürt. Ich sage dir – und meine Ansicht stützt sich auf die kühlsten, klarsten Schlüsse der Logik – solltest du oder ich je diesen Ort der Freude verlassen wollen – es wäre die Pflicht, ja das Vorrecht unseres besten Freundes, uns daran zu hindern, und wenn er uns eine Kugel in die Brust schösse.«

Eines schönen Junitages saßen sie auf dem Hügel außerhalb des Dorfes. Der Fluß schimmerte, blau wie der Himmel, hier und dort zwischen den Zweigen hindurch. Die unermüdlichen Vögel kreisten und flatterten um den Gretzer Kirchturm. Vom Walde her blies ein gesunder Wind, und das Geräusch abertausender von grünen Wipfeln und Millionen und Millionen grüner Blätter schwirrte durch die Luft und füllte das Ohr mit einem Klang, der zwischen Flüstern und Singen schwankte. Es war, als wenn jeder Grashalm ein Heimchen verborgen hielte, die Felder sangen ihr lustiges Lied, klingelten weit und breit wie das Schlittengeläut der Feenkönigin. Von ihrem Platze am Bergesabhang umfaßte das Auge auf der einen Seite ein großes Stück der pappelumsäumten Ebene und auf der anderen Seite die welligen Waldhügel zwischen beiden lag Gretz, eine Handvoll Dächer. Unter dem weiten blauen Himmelsbogen war das Dorf wie zu Spielzeuggröße zusammengeschrumpft. Es fehlen kaum glaublich, daß in diesem winzigen Erdenwinkel tatsächlich Menschen hausen und Raum zum Atmen finden könnten. Dieser Gedanke kam dem Jungen vielleicht zum erstenmal, und er verlieh ihm Worte.

»Wie klein es aussieht!« seufzte er.

»Jawohl,« erwiderte der Doktor, »heute sieht es recht klein aus. Und doch war es einmal eine blühende Stadt mit Mauern, voll pelzgekleideter Bürger und waffentragender Männer, voll geschäftigen Treibens, mit hohen Türmen und festen Zinnen und was weiß ich. Tausend Schornsteine hörten beim Abendläuten zu rauchen auf. Vor den Toren standen die Galgen so dicht wie Vogelscheuchen. In

Kriegszeiten rannten die Stürmenden mit Leitern gegen die Wälle an, die Pfeile schwirrten dicht wie Blätter, die Verteidiger machten stürmische Ausfälle über die Zugbrücke hinaus, jede Partei ließ während des Ringens ihren Kampfruf erschallen. Weißt du, daß die Wälle sich bis zu der Commanderie erstreckten? Die Sage will es. Ach, wie fern liegt dies Getümmel heute – nichts ist davon übrig geblieben, die paar stillen Worte ausgenommen, die ich dir jetzt sage – und die Stadt selbst ist zu jenem Dörfchen zu unseren Füßen zusammengeschrumpft. Dann kamen die englischen Kriege – von den Engländern wirst du später noch mehr erfahren, ein dummes Volk, das indes mitunter trotz aller Tolpatschigkeit einiges Gute geschaffen hat – und Gretz wurde erobert, geplündert und gebrandschatzt. Das ist so die Geschichte vieler Städte, aber Gretz hat sich niemals davon erholt. Es wurde nicht wieder aufgebaut; seine Ruinen dienten aufstrebenden rivalisierenden Städten als Steinbruch; die Steine von Gretz stehen jetzt aufrecht entlang den Straßen von Nemours. Es freut mich, daß unser altes Haus als erstes aus dem Staub aufblühte; nach dem Fall der Stadt wurde es der Grundstein zu dem Dorfe.«

»Ich bin auch froh darüber,« sagte Jean-Marie.

»Es müßte zum Tempel aller schlichten Tugenden werden,« entgegnete der Doktor mit feinschmeckerischem Behagen. »Vielleicht liebe ich den kleinen Ort nur darum so, weil er die gleiche Geschichte hat wie ich. Habe ich dir schon erzählt, daß ich früher einmal reich war?«

»Ich glaube, nein,« antwortete Jean-Marie. »Ich glaube, das hätte ich nicht vergessen. Es tut mir leid, daß Sie Ihr Vermögen verloren haben.«

»Leid?« rief der Doktor. »Ich sehe, daß ich trotz allem nicht einmal die Anfangsgründe zu deiner Erziehung gelegt habe. Achte auf das, was ich sage. Würdest du lieber in dem alten Gretz oder in dem neuen wohnen, ohne die Schrecken des Krieges, umgeben von grünen Wiesen, ohne Lärm und Pässe, ohne die Erhebungen der Soldateska und das Gebimmel der Abendglocken, die uns schon bei Sonnenuntergang ins Bett schicken würden?«

»Wahrscheinlich lieber in dem neuen,« war des Jungen Antwort.

»Sehr richtig,« entgegnete der Doktor, »ich auch. Und ebenso ziehe ich mein bescheidenes Vermögen von heute meinem früheren Reichtum vor. Goldene Mittelmäßigkeit! riefen die bewunderungswürdigen Alten; und ich teile ihre Begeisterung. Habe ich nicht guten Wein, gutes Essen, gute Luft, Wald und Feld zum Spazierengehen, ein Haus, eine ausgezeichnete Frau und einen Jungen, den ich buchstäblich wie einen Sohn liebe? Wäre ich indes noch reich, so würde ich meinen Wohnort ganz zweifellos in Paris aufschlagen – du kennst natürlich Paris – Paris und Paradies sind nicht ein und dasselbe Wort. Das angenehme Geräusch des Windes in den Zweigen verwandelt in das geisttötende babylonische Stimmengewirr der Straße, ödes grelles Pflaster anstelle dieses ruhigen Musters in Grün und Grau, kaputte Nerven, gestörte Verdauung – welch ein Sturz! Du siehst bereits die Konsequenzen; der Geist wird aufgepeitscht, das Herz klopft nach einem anderen Rhythmus, der Mensch hört auf, er selbst zu sein. Ich habe mich selbst mit Hingebung studiert – das ist das wahre Studium des Philosophen. Ich kenne meinen Charakter wie der Musiker die Griffe auf seiner Flöte. Sollte ich nach Paris zurückkehren, ich würde mich durch das Spiel ruinieren; mehr noch – meiner Anastasie durch meine Untreue das Herz brechen.«

Das war für Jean-Marie zuviel. Daß irgendein Ort den trefflichsten aller Männer derart zu verwandeln vermöchte, überstieg selbst seine Gläubigkeit. Paris, meinte er, sei sogar eine recht angenehme Stadt. »Und als ich dort wohnte, habe ich keinen großen Unterschied gefühlt,« meinte er beschwörend.

»Was?« rief der Doktor. »Hast du nicht gestohlen, während du dort warst?«

Allein der Junge war nicht zu bewegen, einzugestehen, daß er mit Stehlen Unrecht getan hatte. Noch war, in der Tat, der Doktor davon überzeugt; aber dieser Herr pflegte ja, wenn um eine Antwort verlegen, zu keiner Zeit sonderlich gewissenhaft zu sein.

»Und,« fuhr er fort, »fängst du jetzt an, zu begreifen? Meine einzigen Freunde waren die, die mich ruinierten. Gretz ist meine Akademie, mein Sanatorium, mein Himmel unschuldiger Freuden gewesen. Und wenn mir Millionen geboten würden, ich würde sie zurückweisen: Apage, Satanas! Hebe dich hinweg von mir, Böser!

Betrachte eingehendst mein Beispiel; verachte den Reichtum, vermeide den demoralisierenden Einfluß der Städte. Hygiene, Hygiene, und ein mittelmäßiges Vermögen – dies sei deine Parole des Lebens!«

Des Doktors System von Hygiene entsprach in überraschender Weise seinen Neigungen; und sein Bild eines vollkommenen Lebens war ein getreues Abbild des Lebens, das er zur Zeit führte. Es ist indes leicht, einen Knaben zu überzeugen, den man selbst mit allem notwendigen Tatsachenmaterial für die Diskussion versieht. Überdies hatte seine Philosophie einen Vorzug, und das war die Begeisterung des Philosophen. Niemals gab es jemanden mit einem festeren Vorsatz, froh und zufrieden zu sein, und verfügte er auch über keine starke Logik und somit auch nicht über das Recht, den Intellekt zu überzeugen, so war er doch zweifellos etwas von einem Dichter, mit dem Zauber, Herzen zu verführen. Was er nicht in der bei ihm üblichen Stimmung strahlender Bewunderung seiner selbst und seiner Lebensumstände zu erreichen vermochte, bewirkte er mitunter in seinen Anfällen von Trübsinn.

»Junge,« pflegte er dann zu sagen, »geh mir heute aus dem Wege. Wäre ich abergläubisch, ich bäte dich sogar um einen Anteil an deinen Gebeten. Ich bin in meiner schwarzen Stimmung; der böse Geist König Sauls, die Vettel des Kaufmanns Abudah, der persönliche Teufel des mittelalterlichen Mönchs weilt bei mir, – in mir,« sich auf die Brust schlagend. »Die Laster meines Wesens haben jetzt die Oberhand; unschuldige Freuden locken mich vergebens; ich sehne mich nach Paris, danach, mich im Kote zu suhlen. Sieh,« fuhr er dann fort und holte eine Handvoll Silbermünzen hervor, »ich entblöße mich selbst, man darf mir nicht einmal das Reisegeld anvertrauen. Nimm es, hebe es für mich auf, verschwende es an entartete Bonbons, wirf es in den tiefsten Teil des Flusses – ich werde deiner Handlungsweise beistimmen. Rette mich von dem Teil meines Ichs, den ich nicht anerkenne. Siehst du mich straucheln, so zaudere nicht; wenn nötig, bring den Zug zum Entgleisen! Ich spreche natürlich in Parabeln. Jedes Unglück wäre besser, als daß ich lebend Paris erreiche.«

Zweifellos genoß der Doktor diese kleinen Szenen, da sie eine Variante seiner Rolle bildeten; sie stellten das Byronsche Element in der etwas künstlichen Poesie seines Daseins dar; dem Jungen indes waren sie, obwohl auch er unklar das Theatralische dabei empfand, mehr. Der Doktor machte sich vielleicht zu wenig, der Junge indes zu viel aus der Realität und Bedeutung dieser Versuchungen.

Eines Tages kam Jean-Marie eine große Erleuchtung. »Läßt sich Reichtum nicht auch gut anwenden?« fragte er.

»Der Theorie nach schon,« entgegnete der Doktor, »aber die Erfahrung lehrt, daß niemand das wirklich tut. Ein jeder denkt, er wird eine Ausnahme sein, wenn er erst reich geworden ist; allein der Besitz wirkt erniedrigend, neue Begierden keimen, und der alberne Hang zur Prahlerei zehrt die Seele des Genusses auf.«

»Dann wären Sie also auch besser dran, wenn Sie weniger hätten,« sagte der Junge.

»Durchaus nicht«, versetzte der Doktor; aber seine Stimme zitterte dabei.

»Warum nicht?« fragte die erbarmungslose Unschuld. Doktor Desprez sah im Augenblick sämtliche Farben des Regenbogens vor sich; das stabile Weltall um ihn her schien zusammenstürzen zu wollen. »Weil,« sagte er, und gab sich nach einer merklichen Pause den Anschein der Überlegung, »weil ich mein Leben nach meinem gegenwärtigen Einkommen eingerichtet habe. Es ist für Männer meines Alters nicht gut, gewaltsam aus ihren Gewohnheiten gerissen zu werden.«

Die Sache war heikel gewesen. Der Doktor atmete schwer und verfiel den Nachmittag über in Schweigen. Was den Jungen betraf, so war er entzückt über die Lösung seiner Zweifel; ja, er wunderte sich sogar, daß er die naheliegende und bündige Antwort nicht vorausgesehen hatte. Sein Glaube an den Doktor war eine solide Sache. Desprez pflegte nach Tisch, besonders nach Rhoner Wein, seinem Lieblingslaster, einige Ähnlichkeit mit einer Wetterfahne zu besitzen. Er verweilte dann bei der Wärme seiner Gefühle für Anastasie, debattierte, mit brennenden Wangen und einem lockeren, unsicheren Lächeln über alle möglichen Dinge und versuchte, auf eine schwache und indiskrete Weise witzig zu sein. Allein der adoptierte Stalljunge gestattete sich nie einen Zweifel, der nach Undankbarkeit hätte schmecken können. Ein Mann kann sehr wohl wie ein zweiter Vater sein und dennoch gern etwas über den Durst trinken; doch das sind Wahrheiten, die von den besten Naturen stets zuletzt akzeptiert werden.

Der Doktor herrschte unumschränkt über sein Herz, wenn er auch seinen Einfluß auf Jean-Maries Geist vielleicht überschätzte. Zwar machte sich dieser zweifellos einige der Ansichten seines Herrn zu eigen, aber niemand hat je erfahren, daß er eine seiner eigenen aufgegeben hätte. Überzeugungen lebten in ihm, wie Gott sie ihm eingegeben hatte; sie waren jungfräulich, ungeschliffen, rohes Metall. Er konnte zwar neue hinzufügen, nicht aber welche hinwegnehmen; auch war es ihm gleichgültig, ob sie sich untereinander vertrugen, und seine geistigen Freuden bestanden keineswegs darin, an ihnen Kritik zu üben oder sie mit Worten zu rechtfertigen. Worte waren für ihn nichts als eine Kunst, wie zum Beispiel das Tanzen. Wenn er allein war, waren seine Freuden fast vegetabilisch. Er pflegte in die Wälder bei Achères zu entschlüpfen und am Eingang einer Höhle unter grauen Birken zu sitzen. Seine Seele starrte ihm geradewegs aus den Augen; er rührte sich weder, noch faßte er einen Gedanken; Sonnenlicht, schlanke, schwankende Schatten im Wind, die Umrisse der Tannen gegen den Himmel abgezeichnet, erfüllten und bannten seine Sinne. Er war eine vollkommene Einheit, ein völlig losgelöster Geist. Eine einzige Stimmung nahm ihn ganz gefangen, zu der alle durch die Sinne wahrnehmbaren Dinge beitrugen, wie die Farben des Spektrums alle in Weiß zusammenfließen und verschwinden.

Also versank, während der Doktor sich an Worten berauschte, der angenommene Stalljunge in Sinnen und Schweigen.

Fünftes Kapitel

Der Schatz wird gefunden

Der Doktorwagen war ein zweirädriges Gig mit einer Haube; ein Gefährt, wie es von Landärzten bevorzugt wird. Wie oft ist man ihm auf entlegenen Landwegen zwischen den Pappeln oder auf der Dorfstraße, an irgend einen Torpfosten gebunden, begegnet! Diese Art Wagen leidet – besonders im Trott – an einer Art schaukelnder Bewegung quer über der Achse, die ihm ein recht albernes Aussehen gibt. Die Haube beschreibt einen stattlichen Bogen in der Landschaft und übt auf den nachdenklichen Fußgänger eine feierlichlächerliche Wirkung aus. Das Fahren in solch einem Wagen kann daher nicht wohl zu den bevorzugten Beschäftigungen des Lebens zählen, mag sich bei Leberleiden indes als eine recht nützliche Sache erweisen. Daher wohl auch seine große Beliebtheit bei Ärzten.

Eines frühen Morgens führte Jean-Marie des Doktors Einspänner aus dem Stall, öffnete das Tor und erklomm den Kutschersitz. Der Doktor folgte ihm, von Kopf bis zu Fuß in schneeweißes Leinen gekleidet, mit einem ungeheuren flaschenfarbenen Sonnenschirm bewaffnet und einer Botanisiertrommel am Gürtel, und die Equipage fuhr alsbald in schlankem Trabe in selbsterzeugtem Wirbelwind davon. Das Ziel war Franchard, der Zweck, Pflanzen zu sammeln, im Hinblick auf die »Vergleichende Pharmacopoea«.

Ein kurzes Rattern auf der offenen Landstraße und sie hatten den Rand des Waldes erreicht und bogen auf einen unbefahrenen Weg ein. Das Gig schaukelte zur Begleitung des Geräuschs knackender Zweige sanft über den Sand hinweg. Zu Häupten spannte sich eine große, grüne, leise murmelnde Wolke dichten Laubes. In den Bogengängen des Waldes hatte die Luft die Frische der Nacht beibehalten. Die athletische Haltung der Bäume, die statuengleich jeder einen Berg Blätter zu stemmen schienen, erfreute das Herz; und die Umrisse der Stämme führten den bewundernden Blick aufwärts dorthin, wo die äußersten Blattspitzen in einem Fleck von Azur glänzten. Kurz, es war der richtige Ort für einen Anhänger der Göttin Hygieia.

»Bist du schon in Franchard gewesen, Jean-Marie?« erkundigte sich der Doktor. »Ich glaube nicht.«

»Niemals,« erwiderte der Junge.

»Es ist eine in einer Schlucht gelegene Ruine,« fuhr Desprez in belehrendem Tonfall fort;» die Ruine einer Klausnerei und Kapelle. Die Geschichte weiß viel von Franchard zu erzählen; daß die Einsiedler häufig von Räubern ermordet wurden; daß sie eine höchst ungenügende Diät hielten, und daß man von ihnen erwartete, daß sie ihre Tage im Gebet zubrächten. Ein Brief voll der vorzüglichsten hygienischen Ratschläge von einem Vorgesetzten des Ordens an einen dieser Einsiedler ist uns erhalten geblieben; er rät ihm, von seinem Buch zum Gebet sich zu wenden und dann wieder zum Buche zurück, der Abwechslung halber, und, wenn er beides satt habe, im Garten zu wandeln und den Honigbienen zuzuschauen. Dies ist auch heute noch mein System. Du wirst häufig bemerkt haben, daß ich – oft in der Mitte eines Satzes – meine Pharmacopoea im Stich ließ, um an die Sonne und die Luft zu gehen. Ich bewundere den Verfasser dieses Briefes aus tiefstem Herzen; er war ein Mann, der über die meisten Dinge nachgedacht hatte. Ja, hätte ich im Mittelalter gelebt (Gott sei Dank, daß ich es nicht tat), ich wäre auch Eremit geworden ... das heißt, wenn ich nicht von Beruf Narr geworden wäre. Diese waren damals noch die einzigen, die philosophisch leben durften, ob lachend, ob weinend, ob im Spott, ja, man kann sagen, sogar in ihren Tränen. Bis die Sonne des Positiven tagte, blieb dem Weisen nichts übrig, als zwischen diesen beiden zu wählen.«

»Ich wäre natürlich ein Narr geworden,« bemerkte Jean-Marie.

»Ich kann mir nicht denken, daß du dich in deinem Berufe ausgezeichnet hättest,« sagte der Doktor, den Ernst des Jungen bewundernd. »Lachst du eigentlich jemals?«

»Oh ja,« entgegnete der andere. »Ich lache häufig. Ich habe Witze sehr gern.«

»Seltsames Wesen!« meinte Desprez. »Aber ich divagiere. (Ich merke an tausend Dingen, daß ich alt werde.) Franchard wurde schließlich in den englischen Kriegen, die auch Gretz schleiften, zerstört. Aber – und hierauf kommt es an – die Klausner (denn inzwischen gab es ihrer schon mehrere) hatten die Gefahr vorausgesehen und die Opfergefäße sorgfältig versteckt. Diese Gefäße hatten ungeheuren Wert, Jean-Marie, – einen ungeheuren, ja man kann sagen, unschätzbaren Wert; sie waren herrlich gearbeitet, von kostbarstem Material. Und jetzt höre auf mich, – man hat sie niemals gefunden. Unter der Regierung Ludwigs des Vierzehnten gruben einige Kerls ganz in der Nähe der Ruinen nach. Plötzlich – tock! – stieß der Spaten gegen einen harten Gegenstand. Stell dir vor, wie die Männer sich anblickten; wie ihre Herzen klopften, wie sie die Farbe wechselten. Es war eine Truhe – die Stelle, wo der Schatz von Franchard begraben lag! Wie hungrige Raubtiere rissen sie den Deckel hoch. Aber ach! Es war nicht der Schatz, sondern nur einige Priestergewänder, die, sowie sie mit der zehrenden Luft in Berührung kamen, zusammensanken und in Staub zerfielen. Der Schweiß dieser braven Kerls ward ihnen am Körper eiskalt, Jean-Marie. Ich möchte meinen Ruf dafür verpfänden, daß, falls gerade ein schneidender Wind wehte, der eine oder andere von ihnen sich für seine Mühe sogar eine Lungenentzündung holte.« »Ich hätte gern gesehen, wie sie in Staub zerfielen«, sagte Jean-Marie. »Sonst wäre es mir ziemlich gleichgültig gewesen.«

»Du hast keine Phantasie«, rief der Doktor. »Stell dir doch die Szene vor! Verweile bei dem Gedanken: ein großer Schatz liegt jahrhundertelang in der Erde; der Stoff für eine Existenz des Leichtsinns, der Fülle und des Überflusses liegt brach; Kleider und herrliche Bilder werden nicht gekauft; die flinksten Pferde rühren, wie von einem Zauber befallen, keinen Huf; Frauen, mit der lieblichen Gabe des Lächelns begabt, lächeln nicht; Karten, Würfel, Operngesang, Orchester, Schlösser, wundervolle Gärten und Parks, große Schiffe mit Türmen von Segeltuch, liegen alle ungeboren im Sarge – und die dummen Bäume wachsen im Sonnenlicht Jahr um Jahr über sie hinweg. Der Gedanke kann einen doch rasend machen.«

»Es ist doch nur Geld«, entgegnete Jean-Marie. »Es würde ja nur schaden.«

»Na, na,« rief Desprez, »das ist Philosophie; das ist ja alles sehr schön, trifft aber den Nagel nicht auf den Kopf. Außerdem handelte es sich ja nicht ›nur um Geld‹, wie du es nennst; es waren auch Kunstwerke dabei; die Gefäße waren getrieben. Du redest wie ein

Kind. Du machst mich wirklich müde, meine Worte so wie ein Papagei, aus jedem logischen Zusammenhang heraus, daherzuleiern.«

»Nun, uns geht die Sache ja nichts an«, meinte der Junge gehorsam.

In diesem Augenblick stießen sie auf die große Landstraße, und der plötzliche Wechsel von der Waldesstille zum rasselnden Straßenpflaster bewirkte, zusammen mit seinem Ärger, daß der Doktor schwieg. Das Gig holperte weiter: die Bäume glitten vorüber, in schweigender Beobachtung, als hätten sie etwas auf dem Herzen. Vorbei gings an der Wegkreuzung; dann hatten sie Franchard erreicht. Sie stellten das Pferd in dem kleinen einsamen Gasthof ein und gingen im Schlenderschritt weiter. Die Schlucht war dunkelrot von Heidekraut; die Felsen und Birken leuchteten in der Sonne. Lautes Biengesumm machte Jean-Marie schläfrig, und er setzte sich gegen einen Klumpen Heidekraut, während der Doktor beim Sammeln seiner Kräuter in raschen Wendungen hin und her ging.

Dem Jungen war der Kopf leicht auf die Brust gesunken, die um die Knie geschlungenen Finger hatten sich entspannt, als er durch einen plötzlichen Schrei aus die Füße gerissen wurde. Es war ein seltsamer Laut, dünn und abgehackt; er fiel gleichsam zu Boden, und Stille kehrte wieder, als hätte man sie nie gestört. Er hatte des Doktors Stimme nicht erkannt; da aber niemand anders sich in dem Tale befand, mußte es offenbar der Doktor gewesen sein, der den Laut ausgestoßen hatte. Er spähte nach links und rechts, und da stand Desprez in einer Nische zwischen zwei Felsblöcken und blickte auf seinen Adoptivsohn mit einem Gesicht, weiß wie Papier.

»Eine Viper!« schrie Jean-Marie und rannte auf ihn zu. »Eine Viper! Sie sind gebissen worden!«

Der Doktor trat schweren Schrittes aus dem Spalt heraus und ging schweigend auf den Jungen zu, den er rauh bei der Schulter packte.

»Ich habe ihn gefunden«, sagte er und rang nach Luft.

»Eine Pflanze?« fragte Jean-Marie.

Desprez bekam einen Anfall unnatürlicher Heiterkeit, den die Felsen aufgriffen und nachahmten. »Eine Pflanze!« wiederholte er verächtlich. »Ja – natürlich – eine Pflanze. Und hier,« fuhr er plötzlich fort, seine rechte Hand zeigend, die er bisher hinter dem Rücken verborgen hatte, »hier ist eine der Zwiebeln.«

Jean-Marie erblickte einen schmutzigen, ganz mit Erde bedeckten Teller.

»Das?« rief er. »Das ist ja ein Teller!«

»Das ist ein Wagen und Pferde«, schrie der Doktor. »Junge,« fuhr er, wärmer werdend, fort, »ich riß ein dickes Moospolster von diesem Felsen los und entdeckte einen Spalt; und als ich in den Spalt hineinsah, was meinst du wohl, das ich da erblickte? Ich sah ein Haus in Paris mit Hof und Garten, sah meine Frau in Diamanten erstrahlen, sah mich selbst als Deputierten, sah dich – ja, ich – ich sah deine Zukunft«, schloß er ein wenig matt. »Ich habe soeben Amerika entdeckt«, fügte er hinzu.

»Aber was ist es denn wirklich?« fragte der Junge.

»Der Schatz von Franchard«, schrie der Doktor, und seinen braunen Strohhut auf die Erde werfend, stieß er ein Indianergeheul aus und stürzte sich auf Jean-Marie, den er mit Umarmungen erstickte und mit Tränen benetzte. Dann warf er sich der Länge nach ins Heidekraut und lachte von neuem, bis das Tal widerhallte. Allein der Junge empfand jetzt ein eigenes Interesse, das Interesse eines Knaben. Kaum hatte er sich von des Doktors Umklammerung befreit, als er auch schon in die Nische hineinsprang, seine Hand in die Spalte schob und nacheinander die mit einer jahrhundertealten Erdschicht überzogenen Kelche, Leuchter und Hostienteller der Eremitage von Franchard hervorholte. Als Letztes kam ein festverschlossener und sehr schwerer Kasten.

»Ach, welch ein Spaß!« rief er.

Als er sich jedoch nach dem Doktor umsah, der ihm auf den Fersen gefolgt war und ihn nun stumm beobachtete, erstarben ihm die Worte auf den Lippen. Desprez war wieder aschgrau geworden; seine Lippen zuckten und zitterten; eine Art bestialischer Gier hatte sich seiner bemächtigt.

»Das ist kindisch«, sagte er. »Wir verlieren hier kostbare Zeit. Zurück in den Gasthof, spann an und bringe den Wagen hierher an jenen Abhang. Lauf, als gälte es das Leben, und vergiß nicht – zu keinem Menschen ein Wort. Ich bleibe als Wache hier zurück.«

Jean-Marie tat, wie man ihm geheißen, wenn auch nicht ohne einige Verwunderung. Das Gig wurde an den angegebenen Platz gebracht, und die beiden trugen allmählich den Schatz von seinem Versteck nach dem Verschlag unter dem Kutschersitz. Sobald er verstaut war, gewann der Doktor seine alte Heiterkeit zurück. »Ich bringe voller Dankbarkeit meinen Tribut dem Genius dieses Tales dar,« sagte er. »Wer jetzt glühende Kohle, eine Färse und einen Krug Landwein hätte! Ich bin in der richtigen Stimmung für ein Opfer, für eine superbe Libation. Warum auch nicht? Wir sind hier in Franchard. Helles englisches Ale ist zuhaben – es ist zwar nicht klassisch, aber ausgezeichnet. Junge, wir werden Ale trinken.«

»Aber ich dachte, es wäre ungesund,« sagte Jean-Marie.

»Außerdem ist es sehr teuer.«

»Papperlapapp!« rief der Doktor lustig. »Auf nach dem Wirtshaus!«

Damit kletterte er in das Gig und warf mit elastischer, jugendlicher Geste den Kopf zurück. Das Pferd mußte wenden, und in wenigen Sekunden machten sie vor dem Zaun des Wirtsgartens halt.

»Hier,« sagte Dr. Desprez – »hier bei diesem Tisch, so daß wir ein Auge auf die Sachen haben können.«

Sie banden das Pferd an und betraten den Garten, der Doktor singend, mitunter mit phantastischen Kopftönen, dann wieder die tiefsten Resonanzklänge aus der Brust hervorholend. Er nahm Platz, klopfte laut gegen den Tisch, und überschüttete den Kellner mit geistvollen Bemerkungen; und als die Flasche, die mit Kohlensäure weit stärker geladen war als selbst der berauschendste Champagner, endlich erschien, schenkte er ein hohes Glas Schaum ein und schob es Jean-Marie zu. »Trink,« sagte er, »trink tief.«

»Ich möchte lieber nicht,« stammelte, seiner Erziehung treu, der Junge.

»Was?« donnerte Desprez.

»Ich fürchte mich davor,« sagte Jean-Marie, »mein Magen – «

»Nimm es oder laß es stehen,« unterbrach ihn wütend der Doktor; »aber merke dir ein für allemal, – es gibt nichts Verächtlicheres als einen Puritaner.«

Hier war wieder einmal eine neue Lektion! Der Junge saß in Gedanken versunken da und starrte, ohne davon zu kosten, das Glas an, während der Doktor das seinige leerte und von neuem füllte, anfänglich mit umwölkter Stirn; allmählich jedoch gab er der Sonne, dem prickelnden, zu Kopfe steigenden Getränk und seinem eigenen Hang, glücklich zu sein, nach.

»Mitunter,« sagte er schließlich, als eine Art Konzession an die strengere Haltung des Knaben, »ganz mitunter und in einem so kritischen Moment, ist solches Ale ein Nektar für die Götter. Die Gewohnheit, freilich, ist demoralisierend; Wein, der Saft der Traube, ist der wahre Trank der Franzosen, wie ich des öfteren zu bemerken die Gelegenheit hatte; und ich weiß nicht einmal, ob ich dich ob deiner Weigerung, dies ausländische Stimulansmittel zu genießen, tadeln soll. Du darfst dir Wein und Kuchen bestellen. Ist die Flasche schon leer? Nun, wir werden nicht stolz sein; wir werden uns deines Glases erbarmen.«

Als das Bier zu Ende war, wurde der Doktor, während Jean-Marie seinen Kuchen vertilgte, über die Maßen ungeduldig. »Ich brenne darauf, aufzubrechen,« sagte er, nach der Uhr sehend. »Großer Gott, wie langsam du ißt!« Dennoch entsprach das Langsamessen seinem ganz besonderen Rezept, ja stellte, seiner Meinung nach, das Hauptgeheimnis der Langlebigkeit dar.

Sein Martyrium hatte jedoch schließlich ein Ende; das Paar nahm seine Plätze in dem Wägelchen wieder ein, und Desprez kündigte, sich wohlig in die Polster zurücklehnend, seine Absicht an, nach Fontainebleau zu fahren.

»Nach Fontainebleau?« wiederholte Jean-Marie.

»Meine Worte find stets wohl erwogen,« sagte der Doktor. »Los!«

Der Doktor wurde durch die Tore des Paradieses gefahren; die Luft, das Licht, die schimmernden Blätter, ja selbst die Bewegungen des Gefährts schienen sich seinen goldenen Meditationen anzupassen. Mit zurückgebogenem Haupte träumte er eine Reihe sonniger

Visionen: das Ale und die Freude tanzten in seinen Adern. Endlich hub er zu sprechen an.

»Ich werde Casimir telegraphieren,« sagte er. »Der gute Casimir! Ein Bursche von einer niedrigeren Art von Intelligenz, Jean-Marie, entschieden unschöpferisch und unpoetisch; trotzdem wird er dein Studium lohnen. Sein Vermögen ist ungeheuer und ist voll und ganz die Frucht seines Fleißes. Er ist gerade der Mann, uns bei dem Verkauf unserer Kostbarkeiten zu helfen, uns in Paris ein passendes Haus zu finden und die Einzelheiten unserer Übersiedelung zu besorgen. Der vortreffliche Casimir, einer meiner ältesten Schulkameraden! Nebenbei geschah es auf seinen Rat hin, daß ich mein kleines Vermögen in türkischen Schuldverschreibungen anlegte; haben wir erst die Schätze der mittelalterlichen Kirche unseren Einsätzen im Reiche Mahomeds hinzugefügt, mein Jungchen, so werden wir uns in Dublonen wälzen, ja förmlich wälzen! Prächtiger Wald,« rief er, »fahr wohl! Obwohl zu anderen Schauplätzen berufen, werde ich dich doch nicht vergessen. Dein Name ist mir ins Herz gegraben. Ich werde unter dem Einfluß der Prosperität noch dithyrambisch, Jean-Marie. Dies ist der Impuls der natürlichen Seele; die Veranlagung des primitiven Menschen. Und ich – nun, ich will das Lob nicht zurückweisen – ich habe meine Jugend wie ein Jungfrauentum bewahrt; jeder andre, der jahrelang dies schläfrige Bauernleben geführt hätte, wäre rustifiziert, stereotyp geworden; allein ich, ich preise meine glückliche Veranlagung, ich habe mir meine Jugendfrische erhalten. Diese neue Opulenz und ein neuer Pflichtenkreis finden mich in der Begeisterung ungeschwächt und nur an Kenntnissen gereift. Was nun diesen künftigen Wechsel anbelangt, Jean-Marie – er hat dich vielleicht schockiert. Sage es nur gerade heraus, hat er dich nicht ein wenig inkonsequent angemutet? Gestehe es nur – es hat keinen Zweck, dich verstellen zu wollen – er hat dich geschmerzt?«

»Jawohl,« sagte der Junge.

»Siehst du,« entgegnete der Doktor mit sublimer Einfalt, »ich habe deine Gedanken gelesen! Es überrascht mich auch gar nicht – deine Erziehung ist noch unvollständig; man hat dich noch nicht in den höheren Pflichten des Menschen unterwiesen. Bis wir Muße haben, mag dir ein Wink genügen. Jetzt, da ich wieder über bescheidenen Wohlstand verfüge; jetzt, nachdem ich mich so lange Zeit hindurch durch Beschaulichkeit hinreichend vorbereitet habe, ruft mich die höhere Pflicht nach Paris. Meine wissenschaftliche Ausbildung, meine zweifellos große Rednerbegabung befähigen mich, dem Vaterlande zu dienen. Bescheidenheit wäre in diesem Falle eine Schlinge. Wäre Sünde ein philosophischer Ausdruck, so würde ich sie als Sünde bezeichnen. Ein Mann darf seine offensichtliche Begabung nicht verleugnen, denn das hieße, seinen Verpflichtungen ausweichen. Jetzt gilt es, sich zu rühren und zu schaffen. Ich darf in der Schlacht des Lebens kein Deserteur sein.«

So schwatzte er weiter, die Räder seiner Inkonsequenz mit einem Überfluß an Worten ölend, während der Knabe schweigend, die Augen fest auf das Pferd gerichtet, in einem Aufruhr der Gedanken zuhörte. Seine Beredsamkeit war verlorene Liebesmüh; keine noch so große Schaustellung von Worten vermochte je Jean-Maries Überzeugung zu erschüttern, und so fuhr er denn, von Mitleid, Schrecken, Empörung und Verzweiflung erfüllt, nach Fontainebleau hinein.

In der Stadt mußte Jean-Marie auf dem Kutschbock angenagelt den Schatz hüten, während der Doktor seltsam leichtbeschwingt und leise angeheitert in den verschiedenen Kaffees aus- und einschwirrte, den verschiedenen Garnisonoffizieren die Hand schüttelte und sich mit der Exaktheit alter Erfahrung seinen Absinth mischte. Auch in den Läden ging es aus und ein, von wo er mit kostbaren Früchten, einer echten Schildkröte, einem prachtvollen Stück Seide für seine Frau, einem gänzlich unmöglichen Stock für sich selbst und einem hypermodernen Keppi für den Jungen beladen zurückkehrte; herein und heraus ging's an dem Postamt, wo er sein Telegramm aufgab und drei Stunden später eine Antwort mit dem Versprechen eines morgigen Besuchs erhielt, und so schwängerte er ganz Fontainebleau mit dem ersten prächtigen Aroma seiner göttlich guten Laune.

Die Sonne stand bereits sehr tief, als sie sich wieder auf den Weg machten; die Schatten des Waldes erstreckten sich über die breite, weiße Landstraße, die sie ihrem Heim zuführte; schon stieg der durchdringende Geruch des abendlichen Waldes wie eine Weihrauchwolke von dem breiten Feld der Gipfel auf, und selbst in die

Straßen des Städtchens, wo die Luft den ganzen Tag über zwischen weißen Kalkmauern geschmort hatte, drang er, gleich einer fernen Musik, in Wellen und Intervallen ein. Als sie den halben Weg zurückgelegt hatten, schwand das letzte goldene Flackern von einer großen Eiche zur Linken; und als sie die jenseitige Grenze des Waldes erreicht hatten, war die Ebene schon in perlgrauem Nebel versunken, und ein großer, blasser Mond kam in himmelansteigendem Bogen durch die durchsichtigen Pappeln einhergezogen.

Der Doktor sang, der Doktor pfiff, der Doktor redete. Er sprach von den Wäldern, von den Kriegen, vom Tau; er wurde munter und schwatzte von Paris; in einer Wolke dunstigen Bombastes entschwebte er aufwärts in die Herrlichkeit der politischen Arena. Alles sollte anders werden; mit dem scheidenden Tag sollten auch die Spuren einer überlebten Existenz schwinden, und die Sonne des Morgens würde das Neue mit sich bringen. »Fort, fort,« rief er, »mit diesem Leben der Kasteiung!« Seine Frau (noch immer schön, oder er müsse beklagenswert voreingenommen sein) sollte nicht länger hier lebendig begraben werden; sie würde in der Gesellschaft glänzen. Jean-Marie würde die Welt zu seinen Füßen sehen, der Weg zum Erfolge, zu Reichtum, Ehren und posthumem Reichtum würde ihm offenstehen. »Ach ja, à propos,« sagte er, »halt' nur um's Himmels willen den Mund! Du bist natürlich ein höchst schweigsames Bürschchen, eine Eigenschaft, die ich mit Freuden anzuerkennen bereit bin, – Schweigen, das goldene Schweigen! Dies jedoch ist eine sehr ernste Angelegenheit. Kein Wort davon darf an die Öffentlichkeit dringen; einzig der gute Casimir darf etwas davon wissen; wir werden die Gefäße wahrscheinlich in England losschlagen müssen.«

»So gehören sie uns nicht einmal ganz?« meinte der Junge fast schluchzend – es war das einzige Mal, daß er den Mund auftat.

»In dem Sinne schon, daß sie niemandem sonst gehören«, erwiderte der Doktor. »Aber der Staat hätte schon einen gewissen Anspruch. Würden sie zum Beispiel gestohlen, so konnten wir keinen Ersatz verlangen; wir hätten keinen Besitztitel vorzuweisen; ja, wir dürften die Sache nicht einmal der Polizei melden. So ist der ungeheuerliche Zustand der Gesetze. Es ist nur ein Beispiel dafür, was es noch zu tun gibt, der Ungerechtigkeit zu steuern, die durch einen

48

eifrigen, rührigen und philosophiebeflissenen Deputierten gesühnt werden muß.«

Jean-Marie setzte seine Hoffnung auf Madame Desprez, und während sie zwischen den rauschenden Pappeln die Bourroner Chaussee entlang fuhren, betete er insgeheim und trieb sein Pferd zu ungewohnter Eile an. Sicherlich würde Madame gleich nach ihrer Ankunft ihre Charakterfestigkeit beweisen und diesem wachen Alpdruck ein Ende machen.

Ihre Einfahrt in Gretz wurde von wütendem Hundegebell angekündigt und begleitet; sämtliche Dorfköter schienen den im Gig liegenden Schatz zu riechen. Auf der Straße befand sich jedoch niemand, drei müßige Landschaftsmaler vor Tentaillons Tür ausgenommen. Jean-Marie öffnete das grüngestrichene Tor und führte Wagen und Pferd hinein; fast im gleichen Moment betrat Madame Desprez mit einer brennenden Laterne die Küchenschwelle, denn der Mond stand noch nicht hoch genug, um über die Gartenmauer zu sehen.

»Schließe das Tor, Jean-Marie!« rief der Doktor, indem er etwas unsicher vom Wagen kletterte. »Anastasie, wo ist Aline?«

»Sie ist nach Montereau auf Besuch bei ihren Eltern«, sagte Madame.

»Alles wendet sich zum Guten!« rief der Doktor bewegt. »Komm rasch hierher zu mir; ich möchte nicht zu laut sprechen«, fuhr er fort. »Liebling, wir sind reich!«

»Reich!?« wiederholte seine Frau.

»Ich habe den Schatz von Franchard gesunden. Schau her, hier sind die ersten Früchte davon; eine Ananas, ein Kleid für meine stets schöne Anastasie – es wird ihr stehen – vertrau eines Gatten, eines Liebhabers Geschmack! Umarme mich, mein Liebling! Die Periode der Dürftigkeit ist vorüber; der Schmetterling entfaltet seine bunten Flügel. Morgen wird Casimir hier sein; in einer Woche sind wir vielleicht schon in Paris – und sind endlich glücklich! Du sollst Brillanten bekommen. Jean-Marie, hol ihn mit größter Sorgfalt aus dem Kutschbock hervor und bring die Sachen Stück für Stück ins Speisezimmer. Wir werden Silbergeschirr auf der Tafel haben! Liebling, beeile dich, diese Schildkröte zu bereiten, sie wird appetitanreizend wirken – ein angenehmes Plus für unsere übliche Magerkost. Ich selbst werde mich in den Keller begeben. Wir werden ein Flaschchen von jenem Beaujolais trinken, den du so liebst, und den Abend mit Hermitage beschließen; es sind noch drei Flaschen da. Ein würdiger Wein für eine würdige Gelegenheit.«

»Aber, lieber Mann, du verdrehst mir ja den Kopf – ich verstehe nicht.«

»Die Schildkröte, meine Angebetete, die Schildkröte!« rief der Doktor, und er schob sie mitsamt der Laterne der Küche zu.

Jean-Marie war sprachlos. Er hatte sich eine ganz andere Szene vorgestellt, einen dringlichen Protest – und seine Hoffnung begann sogleich zu schwinden.

Der Doktor war überall zu gleicher Zeit, wenn auch etwas unsicher auf den Beinen und sich ab und zu mit der Schulter an die Wand drückend. Es war schon lange her, daß er Absinth gekostet hatte, und jetzt dachte er selbst, daß der Absinth ein Mißgriff gewesen war. Nicht daß er an diesem herrlichen Tage den Exzeß bereute; aber er machte sich im Geiste eine Notiz, davor auf der Hut zu sein. Er durfte nicht zum zweitenmal einer so schädlichen Gewohnheit zum Opfer fallen. Im Handumdrehen hatte er seinen Wein aus dem Keller geschafft; er stellte die noch immer mit der historischen Erdkruste behafteten Opfergefäße teils auf dem weißen Tischtuch, teils auf dem Büfett auf; alle paar Augenblicke war er von neuem in der Küche, setzte Anastasie mit Wermuth zu, feuerte sie mit Ausblicken in die Zukunft an und schätzte ihren neuen Reichtum in ständig steigenden Zahlen ab. Noch ehe sie sich zu Tische setzten, waren dieser Dame Tugenden in dem Feuer seiner Begeisterung geschmolzen und ihre Ängstlichkeit geschwunden. Auch sie begann mit Verachtung von dem Leben in Gretz zu sprechen, und als sie Platz genommen hatte und die Suppe ausgab, funkelten ihre Augen in dem Glanze zukünftiger Diamanten.

Während der ganzen Mahlzeit schmiedeten sie und der Doktor Märchenplane. Sie nickten und prosteten einander zu und verbeugten sich über den Tisch herüber. Ihre Gesichter zerflossen in Lächeln; ihre Augen schossen Freudestrahlen, als sie sich des Doktors politische Auszeichnungen und die Salontriumphe der Dame ausmalten.

»Du wirst doch kein Roter werden!« rief Anastasie.

»Ich bin linkes Zentrum bis aufs Blut!« entgegnete der Doktor.

»Madame Gastein wird uns einführen – du wirst sehen, man wird uns vergessen haben«, sagte seine Frau.

»Niemals.« widersprach der Doktor. »Schönheit und Talent lassen ihre Spuren zurück.«

»Ich habe tatsächlich vergessen, wie man sich anzieht,« seufzte sie.

»Liebling, du machst mich erröten,« rief er. »Du hast eine traurige Partie gemacht.«

»Aber dein Erfolg,« rief sie, »zu sehen, wie man dich schätzt und ehrt, in sämtlichen Zeitungen deinen Namen zu lesen, das wird mehr als eine Freude, das wird der Himmel sein!«

»Und einmal die Woche,« sagte der Doktor mit koketter Betonung der einzelnen Silben, »einmal die Woche – ein einziges niedliches Spielchen Baccarat?«

»Nur einmal die Woche?« fragte sie, ihm mit dem Finger drohend.

»Ich schwöre es, bei meiner Ehre als Politiker.«

»Ich verwöhne dich,« sagte sie und reichte ihm die Hand.

Er bedeckte sie mit Küssen.

Jean-Marie schlüpfte in die Nacht hinaus. Der Mond stand hoch über Gretz. Er ging in den Garten hinunter und setzte sich auf den Landungssteg. Der Fluß strömte in Wirbeln geschmeidigen Silbers vorbei und mit einer leisen, eintönigen Melodie. Matte Nebelschleier bewegten sich zwischen den Pappeln am anderen Ufer. Das Schilfrohr nickte lautlos. Wohl hundertmal zuvor hatte der Knabe an ähnlichen Nächten hier gesessen und in ungetrübtem Nachdenken dem eilenden Fluß zugeschaut. Und heute sollte es vielleicht das letztemal sein. Er sollte dies ihm so vertraute Dorf, dies grüne, rauschende Land, den hellen, stillen Strom verlassen. Er sollte in die große Stadt hinein. Seine liebe Herrin würde sich aufgeputzt in den Salons bewegen; sein guter, geschwätziger, warmherziger Herr ein zänkischer Deputierter werden; und beide würden für immer Jean-

Marie und ihrem besseren Ich verloren gehen. Er wußte, daß er im Trubel einer Stadt zu immer geringerer Bedeutung, unablässig vom Kind zum Dienstboten herabsinken mußte. Und undeutlich begann er die bösen Prophezeiungen des Doktors zu glauben. Er konnte in beiden bereits eine Veränderung wahrnehmen. Dies eine Mal versagte sein edelmütiges Nichtglaubenkönnen; selbst ein Kind mußte erkennen, daß der Hermitage vollendet hatte, was mit dem Absinth den Anfang genommen. War dies der erste Tag, wie würde dann erst der letzte sein?»Wenn nötig, bring den Zug zum Entgleisen,« murmelte er, eingedenk der Parabel des Doktors. Er ließ seine Blicke über das entzückende Bild schweifen und sog die von Heuduft schwangere, zauberhafte Nachtluft in tiefen Zügen ein.»Wenn nötig, bring den Zug zum Entgleisen,« wiederholte er. Und er erhob sich und kehrte ins Haus zurück.

Sechstes Kapitel

Eine Kriminaluntersuchung in zwei Teilen

Am nächsten Morgen herrschte ein ungewöhnlicher Aufruhr im Doktorhause. Als letztes vor dem Schlafengehen hatte der Doktor die Wertsachen in den Schrank im Speisezimmer geschlossen, und siehe da, als er aufstand, was etwa um vier Uhr geschah, waren der Schrank erbrochen und die betreffenden Wertsachen verschwunden. Madame und Jean-Marie wurden aus ihren Zimmern gerufen und erschienen in oberflächlicher Toilette. Sie fanden den Doktor tobend vor. Er rief den Himmel zum Zeugen und zur Rache auf und rannte barfuß im Zimmer auf und ab, wobei die Zipfel seines Nachthemds bei jeder Wendung flatterten.

»Fort!« schrie er, »die Sachen sind fort, das Vermögen ist hin. Wir sind wieder bettelarm geworden. Junge, was weißt du hiervon? Heraus mit der Sprache, heraus damit. Weißt du irgend etwas? Wo sind sie?« Er packte ihn beim Arm und schüttelte ihn wie einen Sack; des Knaben Worte kamen, wenn überhaupt, ruckweise in undeutlichem Gemurmel hervor. In plötzlichem Rückschlag von seiner Heftigkeit ließ der Doktor ihn wieder fahren. Er sah, daß Anastasie in Tränen war. »Anastasie,« meinte er mit gänzlich veränderter Stimme, »beruhige dich, beherrsche deine Gefühle. Ich möchte nicht, daß du dich pöbelgleich dem Affekte überläßt. Dies – dies nebensächliche Ereignis muß überwunden werden. Jean-Marie, bring mir meinen kleineren Medizinkasten. Ein mildes Laxativ ist hier angebracht.«

Und er gab der ganzen Familie ein, wobei er selbst mit einer doppelten Dosis voranging. Die unglückliche Anastasie, die in ihrem ganzen Leben nicht krank gewesen war und alle Medikamente aus tiefster Seele verabscheute, vergoß Ströme von Tränen, während sie nippte, sich ekelte und protestierte, worauf sie tyrannisiert und angeschrien wurde, bis sie abermals nippte. Was Jean-Marie anbetraf, so schluckte er seine Portion stoisch herunter.

»Ich habe ihm ein geringeres Quantum gegeben,« bemerkte der Doktor, »seine Jugend schützt ihn vor Emotionen. Und jetzt, da wir etwaigen krankhaften Folgen vorgebeugt haben, wollen wir uns die Sache überlegen.«

»Mir ist so kalt,« jammerte Anastasie.

»Kalt!« rief der Doktor. »Gott sei Dank, daß ich aus feurigerem Stoffe bin. Ich bitte Sie, Madame, ein Schlag wie dieser müßte selbst einen Frosch schwitzen machen. Ist Ihnen kalt, so können Sie sich ja zurückziehen; nebenbei könntest du mir meine Hosen herunterwerfen. Es ist etwas kühl für die Beine.«

»O nein!« protestierte Anastasie. »Ich bleibe bei dir.«

»Nein, Madame, Sie sollen durch Ihre Treue nicht zu leiden haben,« sagte der Doktor. »Ich werde Ihnen selbst einen Shawl holen.« Und er begab sich nach oben, von wo er vollständig angekleidet und mit einem Arm voll Mäntel für die zähneklappernde Anastasie zurückkehrte. »Und nun,« fuhr er fort, »wollen wir dies Verbrechen untersuchen. Laßt uns auf induktivem Wege vorgehen. Anastasie, weißt du etwas, was uns weiterbringt?« Anastasie wußte nichts. »Du etwa, Jean-Marie?«

»Ich auch nicht,« entgegnete mit Festigkeit der Junge.

»Gut,« erwiderte der Doktor. »Wir wenden unsere Aufmerksamkeit nunmehr den materiellen Beweisen zu. (Ich bin der geborene Detektiv; ich besitze sein Auge und seinen systematischen Geist.) Erstens, man hat hier Gewalt angewendet. Die Tür ist erbrochen worden; nebenbei ist zu bemerken, daß das Schloß unter diesen Umständen recht teuer bezahlt war: ein Hühnchen, das ich noch mit Meister Goguelat zu pflücken habe. Zweitens, hier ist das Instrument, das dabei verwendet wurde, eins unserer eigenen Tafelmesser, eins unserer allerbesten, meine Liebe; was seitens der Bande (falls es eine Bande war) auf keinerlei Vorbereitungen schließen läßt. Drittens bemerke ich, daß bis auf die Franchard'schen Gefäße und die Truhe nichts gestohlen worden ist; unser eigenes Silber hat man aufs genaueste respektiert. Das ist schlau; es beweist Intelligenz, Kenntnis der Gesetze, den Wunsch, gerichtlichen Konsequenzen aus dem Wege zu gehen. Aus dieser Tatsache schließe ich, daß sich unter der Bande auch respektable Personen befinden – von äußerlicher Respektabilität, wohlgemerkt, rein äußerlicher, wie dieser Einbruch beweist. Zweitens folgere ich daraus, daß wir in

Franchard selbst belauscht und den ganzen Tag über mit einer Geschicklichkeit und Geduld verfolgt worden sind, die ich als vollendet zu bezeichnen wage. Kein gewöhnlicher Mensch, kein Gelegenheitsverbrecher hätte sich derartiger Kombinationen fähig gezeigt. In unserer Nachbarschaft befindet sich daher höchstwahrscheinlich ein privatisierender Bandit von höchster Intelligenz.«

»Großer Gott,« rief die erschrockene Anastasie, »Henri, wie kannst du nur?«

»Meine Teuerste, ich verfolge hier ein induktives Verfahren,« war die Antwort des Doktors. »Wenn irgend einer meiner Schritte unrichtig ist, so korrigiere mich bitte. Du bist stumm? Dann sei bitte nicht so ungemein unlogisch, vor meinen Schlüssen zurückzuschrecken. Wir sind nunmehr zu einer Vorstellung von der Beschaffenheit der Bande gelangt« – fuhr er fort, »denn ich neige immer noch zu der Annahme, daß es mehr als eine Person war – und verlassen jetzt dies Zimmer, das uns keinerlei weitere Aufschlüsse zu geben vermag, um unsere Aufmerksamkeit dem Hof und dem Garten zuzuwenden. (Jean-Marie, ich hoffe, du folgst meinen einzelnen Schlüssen ganz genau; du kannst hieraus Vortreffliches lernen.) Komm mit mir zur Tür. Keine Fußspuren auf dem Hof; es ist beklagenswert, daß unser Hof gepflastert ist. Von welchen unbedeutenden Einzelheiten mitunter das Schicksal dieser delikaten Untersuchungen abhängt! Hallo! Was haben wir hier? Ich habe euch genau an die richtige Stelle geführt,« sagte er, indem er sich großartig wieder zurückwandte und auf das grüne Tor wies. »Wie ihr selbst sehen könnt, ist hier jemand über den Zaun geklettert.« Wahrhaftig, die grüne Farbe war an verschiedenen Stellen abgeschabt und abgeblättert; und auf einem der Bretter war der Abdruck eines genagelten Schuhs zurückgeblieben. Der Fuß war ausgeglitten, so daß die Größe des Schuhs schwer und die Anordnung der Nägel überhaupt nicht zu erkennen waren.

»Der ganze Raub,« schloß der Doktor, »ist somit Schritt für Schritt rekonstruiert worden. Weiter vermag die induktive Wissenschaft nicht zu gehen.«

»Es ist wunderbar,« meinte seine Frau. »Du hättest wirklich Detektiv werden sollen, Henri. Ich hatte keine Ahnung von deinen Talenten.«

»Meine Liebe,« entgegnete herablassend der Doktor,»ein Mann mit wissenschaftlichem Kombinationsvermögen besitzt auch die unwichtigeren Eigenschaften. Er ist ebensosehr Detektiv wie Publizist oder General; das sind lediglich Lokalproben seines besonderen Talentes. Wollt ihr aber,« fuhr er fort,»daß ich noch weiter gehe? Wollt ihr, daß ich meine Hand auf den Schuldigen lege? Oder vielmehr, denn ganz so viel kann ich euch ja nicht versprechen, soll ich euch sogar das Haus zeigen, wo sie wohnen? Es mag uns eine Genugtuung sein, zum mindesten dürfte es die einzige Genugtuung bleiben, die uns zuteil werden wird, da uns die Hilfe der Gesetze versagt ist. Um den von mir gegebenen Umriß des Verbrechens auszufüllen, brauche ich einen Menschen, der von Haus aus müßig in den Wäldern herumschweift, einen Menschen von Bildung und über die Erwägungen der Moral erhaben. Diese sämtlichen drei Voraussetzungen finden sich in Tentaillons Pensionären vereinigt. Sie sind Maler, folglich treiben sie sich ständig im Walde umher. Sie sind Maler, folglich werden sie wahrscheinlich einen Schimmer von Bildung besitzen. Schließlich sind sie, da sie Maler sind, wahrscheinlich auch unmoralisch. Das kann ich auf zweierlei Art beweisen. Erstens ist die Malerei eine Kunst, die sich lediglich an das Auge wendet; sie setzt in keinerlei Weise den moralischen Sinn in Bewegung. Zweitens läßt die Malerei wie alle anderen Künste auf die gefährliche Eigenschaft der Phantasie schließen. Ein Mann von Phantasie ist niemals moralisch; er setzt sich über die Schranken der Wirklichkeit hinweg und sieht das Leben von so vielen schwankenden Gesichtspunkten an, daß er sich unmöglich mit den gehässigen Unterscheidungen der Gesetze abfinden kann.«

»Aber du hast doch immer gesagt – wenigstens habe ich dich so verstanden – « sagte Madame,»daß diese Burschen auch nicht die geringste Phantasie bezeigten.«

»Meine Liebe, sie haben Phantasie bezeigt, und zwar von sehr phantastischer Art,« entgegnete der Doktor,»als sie ihren bettlerhaften Beruf ergriffen. Außerdem – dieses Argument wird genau auf deinem intellektuellen Niveau stehen – sind viele von ihnen Engländer und Amerikaner. Wo sonst sollten wir denn einen Dieb suchen? Und jetzt siehst du wohl am besten nach deinem Kaffee. Weil uns ein Schatz verloren gegangen ist, brauchen wir noch nicht zu hungern. Ich für meinen Teil werde mein Frühstück mit Weißwein beginnen. Ich fühle mich ganz unerklärlich erhitzt und hungrig. Ich vermag das nur dem Schrecken über die Entdeckung zuzuschreiben. Dennoch müßt ihr mir das Zeugnis ausstellen, daß ich die Aufregung großartig getragen habe.«

Der Doktor hatte sich inzwischen wieder in vorzügliche Laune hineingeredet, und während er so in der Laube saß und langsam eine große Portion Weißwein hinuntergoß und mit nicht sehr stürmischem Appetit an einem kleinen Brocken Brot und Käse knabberte, weilten seine Gedanken, wenn auch zu einem Drittel bei dem verschwundenen Schatz, so doch zu zwei Drittel in angenehmster Weise bei seiner Geschicklichkeit als Detektiv.

Etwa um elf Uhr traf Casimir ein; er hatte einen Frühzug nach Fontainebleau benutzt und war, um Zeit zu sparen, von dort aus mit dem Wagen gefahren. Jetzt war dieser bei Tentaillon untergestellt, und seine Uhr zu Rate ziehend, meinte er, daß er anderthalb Stunden Zeit hätte. Er kehrte in vieler Hinsicht den Geschäftsmann heraus, war kurz und energisch von Rede und liebte es, auf intellektuelle Art die Stirn zu runzeln. Als Anastasies leiblicher Bruder verschwendete er an diese Dame nicht viel Gefühl, sondern gab ihr nach englischer Familienart einen Kuß und verlangte unverzüglich zu essen.

»Ihr könnt mir eure Geschichte beim Essen erzählen,« bemerkte er.»Gibt's was Gutes heute, Stasie?«

Man versprach ihm was Gutes. Das Trio setzte sich in der Laube zu Tisch. Jean-Marie aß mit und wartete zugleich auf, und der Doktor berichtete im blumigsten Erzählerstil, was ihm zugestoßen war. Casimir hörte unter Lachexplosionen zu.

»Welch fortgesetzter Dusel, mein guter Bruder,« bemerkte er, als der Bericht zu Ende war.»Wärest du nach Paris gezogen, du hättest die ganze Geschichte in drei Monaten durchgebracht. Dein eigenes Vermögen wäre den gleichen Weg gegangen, und du wärst wieder einmal als Bittsteller zu mir gekommen, wie das vorige Mal. Aber ich warne dich – Stasie mag ruhig weinen und Henri seine logischen Beweise ziehen – ein zweites Mal kommt ihr damit nicht durch. Euer nächster Zusammenbruch wird endgültig sein. Ich meinte, dir das schon einmal gesagt zu haben, Stasie? He? Noch immer keine Vernunft?«

Der Doktor war zusammengezuckt und hatte Jean-Marie verstohlen angesehen; aber der Junge schien apathisch.

» Aber was seid ihr auch für Kinder,« brach Casimir von neuem los, »ungezogene Kinder, bei Gott! Wie konntet ihr den Wert von all dem Plunder bestimmen? Vielleicht taugte er überhaupt nichts oder doch nur wenig.«

»Verzeihung,« sagte der Doktor. »Ich sehe, du redest mit deinem üblichen Temperament, aber mit noch weniger Überlegung als gewöhnlich. Ich bin nicht so ganz unbewandert in diesen Angelegenheiten.«

»Nicht so ganz unbewandert in allem, was mir je zu Ohren gekommen ist,« unterbrach ihn Casimir, indem er sich erhob und ihm mit einer Art naseweiser Höflichkeit zuprostete.

»Zum mindesten habe ich mich mit der Sache befaßt,« fuhr der Doktor fort,» – das wirst du mir wohl glauben – meiner Schätzung nach mußte unser Kapital etwa verdoppelt werden.« Und er schilderte ihm die Art des Fundes.

»Bei meinem Wort!« sagte Casimir, »ich glaube dir halb und halb! Doch hängt natürlich viel von der Qualität des Goldes ab.«

»Die Qualität, mein lieber Casimir, war – – «Und der Doktor küßte mangels der Worte seine Fingerspitzen. »Auf dein Wort würde ich mich nicht verlassen, mein lieber Freund,« antwortete der Mann der Geschäfte. »Du bist ein Mensch mit sehr rosigen Ansichten. Aber dieser Raub,« fuhr er fort, »dieser Raub ist eine seltsame Sache. Natürlich übergehe ich deinen Unsinn mit Banden und Landschaftsmalern und so weiter. Mir ist das alles nur ein Traum. Wer war denn gestern hier im Hause?«

»Niemand außer uns,« war die Antwort des Doktors. »Und dieser junge Herr da?« fragte Casimir, mit einem Ruck seines Kopfes in der Richtung von Jean-Marie.

»Er auch« – verbeugte sich der Doktor.

»Nun, und wenn die Frage gestattet ist, wer ist er?« fuhr der Schwager fort.

»Jean-Marie,« erwiderte der Doktor, »vereinigt in sich die Eigenschaften eines Sohnes und eines Stalljungen. Er begann als letzterer, ist jedoch rasch zu dem ehrenvolleren Rang in unserer Neigung gestiegen. Er ist, das kann ich ruhig behaupten, unser größter Trost im Leben.«

»Ha!« sagte Casimir. »Und bevor er einer von euch wurde?«

»Jean-Marie hat ein außerordentliches Leben geführt; seine Erlebnisse waren in der Hauptsache bildend,« entgegnete Doktor Desprez. »Hätte ich für meinen Sohn eine Erziehung zu wählen gehabt, ich hätte ihm die gleiche ausgesucht. Da er mit Gauklern und Dieben anfing und zu der Gesellschaft und Freundschaft von Philosophen überging, kann man von ihm behaupten, daß er das Buch des Lebens im Fluge gelesen hat.«

»Dieben?« wiederholte der Schwager mit nachdenklicher Miene.

Der Doktor hätte sich die Zunge ausbeißen mögen. Er sah voraus, was kommen mußte, und bereitete sich im Geist auf eine kräftige Verteidigung vor.

»Hast du jemals selbst gestohlen?« fragte Casimir, indem er sich plötzlich nach Jean-Marie umdrehte und zum erstenmal ein am Halse befestigtes Monokel in Bewegung setzte.

»Ja, Herr,« erwiderte der Junge mit tiefem Erröten. Casimir wandte sich mit aufgeworfenen Lippen wieder den anderen zu und nickte bedeutungsvoll. »He?« sagte er, »was sagt ihr dazu?«

»Jean-Marie gibt der Wahrheit die Ehre,« versetzte der Doktor sich in die Brust werfend.

»Er hat noch niemals gelogen,« fügte Madame hinzu. »Er ist der beste aller Jungen.«

»Noch niemals gelogen, so, so,« bemerkte Casimir. »Sonderbar, höchst sonderbar. Schenk mir mal deine Aufmerksamkeit, mein junger Freund,« fuhr er fort. »Du wußtest von diesem Schatz?«

»Er hat geholfen, ihn nach Haufe zu bringen,« warf der Doktor dazwischen. »Desprez, ich bitte dich um das eine, den Mund zu halten,« versetzte Casimir. »Ich beabsichtige diesen deinen Stalljungen auszufragen; wenn du seiner Unschuld so sicher bist, so kannst du ihn ja alleine antworten lassen. Also, junger Mann,« redete er weiter, sein Einglas geradewegs auf Jean-Marie gerichtet, »du wußtest also, daß er ohne Gefahr einer Strafe gestohlen werden konnte?

Du wußtest, daß man dich nicht gerichtlich belangen konnte? Heraus mit der Sprache! Ja oder nein?«

»Ich wußte es,« antwortete Jean-Marie in jämmerlichem Flüsterton.

»Du sagst, du wärest früher ein Dieb gewesen,« fuhr Casimir fort. »Wie soll ich da wissen, daß du jetzt keiner mehr bist? Ich nehme an, du bist imstande, das grüne Tor zu überklettern.«

»Ja,« noch leiser, seitens des Schuldigen.

»Nun, dann bist du es auch gewesen, der diese Sachen gestohlen hat. Du weißt es, du wagst es nicht zu leugnen. Sieh mir ins Gesicht! Sieh mich an mit deinen Schleicheraugen, und antworte!«

Aber an Stelle einer Antwort oder dergleichen brach Jean-Marie in elendigliches Geheul aus und floh aus der Laube. Anastasie fand, ehe sie dem Opfer nachsetzte, um es einzufangen und zu trösten, noch Zeit, einen parthischen Pfeil zu entsenden – »Casimir, du bist ein brutaler Mensch!«

»Mein Bruder,« sagte Desprez mit unübertrefflicher Würde, »du nimmst dir da Freiheiten heraus ...«

»Desprez,« unterbrach ihn Casimir, »um Himmels willen, zeige dich mal als Weltmann. Du telegraphierst mir, mein Geschäft im Stich zu lassen und hierher zu kommen, um eins für dich zu erledigen. Ich komme, frage nach dem Geschäft und du sagst: ›Finde mir diesen Dieb!‹ Nun, ich finde ihn; ich sage ›Das ist er!‹ Es mag dir vielleicht nicht behagen, aber du hast kein Recht, darüber beleidigt zu sein.«

»Nun,« entgegnete der Doktor, »ich will dir das zugeben; ich will dir sogar für deinen unangebrachten Eifer danken. Aber deine Hypothese ist so ungeheuerlich...«

»Hör an,« unterbrach ihn Casimir von neuem. »Bist du oder Stasie es gewesen?«

»Ganz entschieden nicht,« war des Doktors Antwort.

»Nun gut, dann war es der Junge. Reden wir nicht weiter davon,« sagte der Schwager und holte seine Zigarrentasche hervor.

»Ich möchte nur noch das eine sagen,« versetzte Desprez;»wenn jener Junge käme und es selbst behauptete, würde ich ihm nicht glauben. Und wenn ich ihm glaubte, so grenzenlos ist mein Vertrauen, ich würde folgern, daß er es zum Guten getan hat.«

»Schön, schön,« meinte Casimir nachsichtig.»Hast du Feuer? Ich muß jetzt gehen. Übrigens wollte ich, ihr erlaubtet mir, eure Türkenrente für euch verkaufen. Ich habe dir ja schon lange gesagt, daß sie eines Tages zum Teufel gehen wird. Ich sage es dir heute noch einmal. Ja, zum Teil bin ich eigens deswegen zu euch gekommen. Du hast meinen Brief nie beantwortet, – eine ganz unverzeihliche Angewohnheit.«

»Mein guter Bruder,« entgegnete liebenswürdigst der Doktor, »ich habe deine Geschäftstüchtigkeit niemals geleugnet, aber ich sehe auch ihre Grenzen.«

»Zum Donnerwetter noch mal, mein Freund, ich gebe dir das Kompliment zurück,« versetzte der Mann der Geschäfte.»Deine Grenze besteht darin, total unvernünftig zu sein.«

»Bemerke bitte unsere relativ verschiedene Haltung,« erwiderte lächelnd der Doktor.»Du glaubst durch dick und dünn nur an eines einzigen Menschen Urteil – das deinige. Ich hege die gleiche Ansieht, aber kritisch, und mit offenen Augen. Welcher ist nun der Vernünftigere? – Die Entscheidung überlasse ich dir.«

»Mein lieber Desprez!« rief Casimir,»bleib bei deinen Türken, bleib bei deinem Stalljungen, geh in allen Dingen auf deine private Manier zum Teufel und bleibe dort. Aber komm mir nicht mit der Logik – ich halte das nicht aus. Und damit gehab dich wohl. Bei dem, was ich ausgerichtet habe, hätte ich genau so gut wegbleiben können. Sag in meinem Namen Stasie Adieu, sag meinetwegen auch dem mürrischen Stalljungen Adieu, wenn du drauf bestehen solltest. Ich mache mich aus dem Staube.«

Und Casimir ging. An jenem Abend analysierte der Doktor vor Anastasie seinen Charakter.»Das eine hat er wenigstens aus seiner langen Bekanntschaft mit deinem Gatten gelernt, meine Schönste,« sagte er,»das Wort Logik. Das glänzt in seinem Vokabularium wie ein Juwel in einem Müllhaufen. Und trotzdem gebraucht er es fortwährend falsch. Denn du wirst bemerkt haben, daß er es gleichsam im Spott anwendet, im Sinne von Zungendrescherei, womit er andeuten will, daß ich quasi zur Sophistik neige. Armer Kerl! Was nun sein Verhalten gegen Jean-Marie anbetrifft, so muß man ihm seine Grausamkeit verzeihen – sie liegt nicht in seiner Natur, sondern in der Natur seines Lebens. Ein Mensch, der mit Geld zu tun hat, ist ein verlorener Mensch, meine Liebe.«

Bei Jean-Marie ging der Versöhnungsprozeß etwas langsamer. Anfänglich war er untröstlich, wollte durchaus fort von der Familie, verfiel aus einem Weinkrampf in den anderen, und erst nachdem Anastasie sich über eine Stunde mit ihm eingeschlossen hatte, kam sie wieder zum Vorschein, suchte den Doktor auf und berichtete ihm mit Tränen in den Augen das Vorgefallene.

»Anfangs, lieber Mann, wollte er von nichts wissen,« sagte sie. »Stell dir nur vor, wenn er uns verlassen hätte! Was wäre daneben der Schatz gewesen! Der abscheuliche Schatz, er ist an allem schuld! Endlich, nachdem er sich das Herz aus dem Leibe geschluchzt hatte, willigte er ein, zu bleiben, unter einer Bedingung, – daß wir nie wieder die Sache vor ihm erwähnen, – diesen schändlichen Verdacht und auch nicht einmal den Diebstahl. Nur unter dieser Bedingung will der arme, grausame Junge einwilligen, bei seinen Freunden zu bleiben.«

»Aber dieses Verbot,« sagte der Doktor, »dieses Embargo – kann, kann sich doch nicht auch auf mich beziehen?«

»Auf uns alle,« versicherte Anastasie.

»Mein Liebling,« protestierte Desprez, »du mußt ihn mißverstanden haben. Es kann sich nicht auch auf mich beziehen. Er würde doch ganz natürlich zu mir kommen.«

»Henri,« sagte sie, »es tut es doch; ich schwöre es dir, daß das der Fall ist.«

»Das ist ein schmerzlicher, ein höchst schmerzlicher Umstand,« sagte der Doktor, ein wenig finster blickend. »Ich kann nicht verhehlen, Anastasie, daß ich mit Recht verletzt bin. Es geht mir nahe, liebe Frau, sehr nahe.«

»Ich wußte, daß es so kommen würde,« sagte sie. »Aber hättest du nur seinen Kummer gesehen! Wir müssen auf ihn Rücksicht nehmen, müssen ihm unsere Gefühle zum Opfer bringen.«

»Ich hoffe, meine Liebe, du hast mich noch niemals einem Opfer abgeneigt gefunden,« meinte der Doktor äußerst steif.

»Du erlaubst mir also, ihm zu sagen, daß du eingewilligt hast? Das sieht deinem edlen Charakter ähnlich,« rief sie.

In der Tat! So war es! Das sah er sofort ein. Gleich stieg seine Laune, sie triumphierte bei dem Gedanken.

»Geh, mein Liebling,« sagte er edelmütig. »Das Thema ist zwischen uns begraben; mehr noch – ich werde mir Mühe geben – meinen Willen habe ich an derartige Anstrengungen gewöhnt – und die Sache ist vergessen.«

Kurz daraus erschien Jean-Marie in tödlicher Verlegenheit und mit geschwollenen Augen, und machte sich ostentativ an seine Arbeit. Von denen, die sich an jenem Abend zu Tische setzten, war er der einzig Unglückliche. Der Doktor strahlte förmlich. Dem Schatze sang er, wie folgt, das Requiem:

»Im großen und ganzen,« sagte er, »ist diese ganze Episode höchst amüsant gewesen. Wir sind um keinen Pfennig ärmer geworden, im Gegenteil, wir haben enorm gewonnen. Unsere Philosophie wurde in Bewegung gesetzt; etwas von der Schildkröte ist auch noch übrig geblieben – von dieser bekömmlichsten aller Delikatessen; ich habe meinen Stock, Anastasie ihr neues Kleid, Jean-Marie ist der glückliche Besitzer eines schicken Käppi. Außerdem gab es gestern abend ein Gläschen Hermitage; sein Feuer durchglüht mich noch immer. Ich fing an, in bezug auf den Hermitage geradezu geizig zu werden, geizig, sage ich. Laßt mich den Wink beherzigen: eine Flasche tranken wir, um das Auftauchen unseres visionären Reichtums zu feiern; die zweite Flasche soll uns über sein Verschwinden trösten. Die dritte dediziere ich hiermit Jean-Marie zu seiner Hochzeit.«

Siebtes Kapitel

Der Fall des Hauses Desprez

Dem Doktorhause ist noch nicht die Ehre einer Beschreibung zuteil geworden, und es ist jetzt hohe Zeit, daß dies Versäumnis nachgeholt werde, denn das Haus selbst gehört zu den handelnden Personen dieser Geschichte, zu denen, deren Rolle beinahe ausgespielt ist. Zweistöckig, mit Mauern in warmem Gelb und uralten rotbraunen Ziegeln, die mit Moos und Flechten bunt geschmückt waren, stand es mit der einen Straßenwand in einem Winkel zu des Doktors Besitztum. Es war geräumig, zugig und unpraktisch. In die schweren Balken waren hie und da rohe Zeichen und Muster eingegraben; das Treppengeländer war in ländlichen Arabesken geschnitzt; eine feste Säule aus Holz, deren Pflicht es war, das Speisezimmerdach zu stützen, trug auf ihrer Schattenseite geheimnisvolle Schriftzüge, Runen, wenn man dem Doktor glauben wollte. Auch versäumte er nie, wenn er die legendäre Geschichte des Hauses und seiner Besitzer erzählte, bei dem skandinavischen Gelehrten zu verweilen, dessen Hinterlassenschaft sie waren. Dielen, Türen und Balken bildeten die verschiedenartigsten Winkel; jeder Raum hatte eine besondere Ebene; der Giebel hatte sich nach Art eines schiefen Turms in den Garten hinübergesenkt, und einer der früheren Besitzer hatte das Gebäude von der Seite her mit einer schweren Holzstrebe, ähnlich dem Drehkahn eines Kranes, gestützt. Im großen und ganzen wies es zahlreiche Merkmale des Verfalles auf; es war ein Haus, das die Ratten verlassen hätten, und nichts als seine glänzende Sauberkeit – die geputzten, leuchtenden Fensterscheiben, der klare Farbanstrich, das strahlende Messing, ja selbst die ganz mit Kletterpflanzen überwucherte Stütze – nichts, seine Ähnlichkeit mit einem wohlgepflegten, lächelnden Veteranen ausgenommen, der mitsamt Krücke und allem Zubehör in einem sonnigen Winkel des Gartens sitzt – machte es zu einem für Bequemlichkeit liebende Menschen bewohnbaren Hause. Unter schlechter oder achtloser Verwaltung wäre es gar bald in das Landstreicherstadium des Verfalls übergegangen. So, wie es war, liebte es die ganze Familie, und der Doktor war niemals so poetisch angehaucht, wie wenn er seine imaginäre Geschichte erzählte oder die Charaktere seiner verschiedenen Herren schilderte, von dem jüdischen Kaufmann an, der nach der Einäscherung der Stadt seine Mauern neu errichtete, über den geheimnisvollen Runenschnitzer bis zu dem langschädeligen, schmutzigen Knoten, von dem er es selbst unter ungeheuren Kosten erworben hatte. Was seine Dauerhaftigkeit anbetraf, so war ihm niemals der Gedanke gekommen, daran zu zweifeln. Was vier Jahrhunderte lang gestanden hatte, konnte wohl noch ein wenig länger aushalten.

Ja, in diesem besonderen Winter, nachdem der Schatz verlorengegangen war, quälte die Desprez eine ganz andere und ihrem Herzen weit näherliegende Sorge. Jean-Marie war ganz entschieden nicht mehr er selbst. Er hatte Anfälle hektischen Tätigkeitsdranges, während derer er ganz besonders zu gefallen sich bemühte, mehr und rascher redete als gewöhnlich und seine Studien doppelt fleißig betrieb. Diese wurden jedoch von Stunden der Melancholie und brütenden Schweigens abgelöst, in denen der Junge fast unleidlich war. »Schweigen,« moralisierte der Doktor, »du siehst, was das Schweigen für Folgen hat, Anastasie. Hätte der Junge sein Herz ausgeschüttet, wie es sich gehört, die kleine Enttäuschung über den Schatz, das bißchen Ärger über Casimirs Unhöflichkeit wäre längst vergessen. Unter diesen Umständen aber zehrt es an ihm wie eine Krankheit. Er magert ab, sein Appetit ist unregelmäßig und im großen und ganzen schwächer. Ich halte ihn unter strenger Zucht, verwende die kräftigsten Tonika, beides umsonst.«

»Meinst du nicht, daß du ihm zuviel eingibst?« fragte schaudernd Anastasie.

»Eingibst?« rief der Doktor. »Ich eingeben? Anastasie, ich glaube, du bist verrückt!«

Die Zeit verstrich, und des Knaben Gesundheit wurde langsam schlechter. Der Doktor schrieb es dem Wetter zu, das kalt und stürmisch war. Er ließ den Kollegen aus Bourron kommen, faßte eine Vorliebe für ihn, verhimmelte sein Können und befand sich bald selbst in Behandlung – für welches Leiden, war kaum ersichtlich. Er und Jean-Marie hatten jeder zu verschiedenen Tageszeiten verschiedene Medizinen einzunehmen. Der Doktor pflegte, die Uhr in der Hand, auf den genauen Moment zu warten. »Es geht nichts über die Regelmäßigkeit,« sagte er dann wohl, teilte die Dosen ab und pries die Tugenden der Tränklein; und wenn dem Jungen anscheinend auch nicht besser davon wurde, so war dem Doktor doch keineswegs schlechter.

Am fünften November ging es dem Jungen besonders schlecht. Es war unfreundliches, böiges Wetter. Ungeheure, zerrissene Wolkenmassen segelten eilig den Himmel entlang; flüchtige Sonnenstrahlen huschten über das Dorf hin, gefolgt von Dunkelheiten und einem weißen, fliegenden Regen. Mitunter erhob der Wind brüllend seine Stimme. Die Bäume an den Wiesenrainen peitschten sich gegenseitig, und die Blätter zerstoben wie Staub.

Bei dem Wetter und des Jungen Krankheit war der Doktor ganz in seinem Element, galt es doch eine Theorie zu beweisen. Da saß er, die Taschenuhr in der Hand und das Barometer vor sich und wartete die Windausbrüche ab, um ihre Wirkung auf den menschlichen Puls zu notieren. »Dem wahren Philosophen,« bemerkte er entzückt, »wird jede Erscheinung in der Natur zum Spiele.« Ein Brief wurde ihm gebracht; da aber seine Ankunft mit dem Eintreffen eines Windstoßes zusammenfiel, stopfte er ihn nur in die Tasche und widmete sich Jean-Marie, und im nächsten Augenblick zählten beide um die Wette ihren Puls.

Bei Anbruch der Nacht steigerte der Wind sich zu einem Orkan. Er belagerte das Dörfchen scheinbar von allen Seiten, wie mit Kanonen. Das Haus zitterte und krachte; glühende Kohlen wurden über die Dielen gefegt. Das Toben und Grauen der Nacht hielt die Menschen noch lange wach; lauschend saßen sie mit bleichen Gesichtern da.

Es war zwölf Uhr, als die Familie Desprez sich niederlegte. Um halb zwei Uhr, als der Sturm seinen Höhepunkt schon überschritten hatte, erwachte der Doktor aus einem unruhigen Schlummer und setzte sich aufrecht. Noch immer klang ein bestimmtes Geräusch in seinen Ohren, ob es jedoch aus dieser Welt oder aus der Welt der Träume stammte, vermochte er nicht zu sagen. Ein weiterer Windstoß folgte. Er wurde von einem schwindelerregenden Schwanken des ganzen Hauses begleitet, und in der darauffolgenden Stille konnte Desprez die Dachziegel wasserfallähnlich in den Heuboden über seinem Kopfe hinabstürzen hören. Er riß Anastasie buchstäblich aus dem Bett.

»Lauf,« schrie er, ihr einige Kleidungsstücke in die Hand drückend; »das Haus stürzt zusammen! In den Garten!«

Sie ließ es sich nicht zweimal sagen, im Nu war sie die Treppe hinunter. Niemals hatte sie sich einer solchen Beweglichkeit für fähig gehalten. Inzwischen hatte der Doktor mit der Schnelligkeit einer Pantomime und ohne auf zerschundene Knie zu achten, Jean-Marie herausgetrommelt, Aline ihrem jungfräulichen Schlummer entrissen, sie bei der Hand genommen, und war mit ihr die Treppe hinunter in den Garten gerast, das noch halbschlafende Mädchen hinter sich herschleifend.

Die Flüchtlinge trafen sich, wie durch gemeinsamen Instinkt geleitet, in der Laube. Eine Sekunde lang brach sich der Mond durch die Wolken Bahn und enthüllte vier aneinandergedrängte Gestalten in bunt durcheinandergewürfelten, flatternden und stark mangelhaften Verkleidungen. Bei diesem demütigenden Schauspiel raffte Anastasie ihr Nachthemd verzweifelt zusammen und brach in geräuschvolles Weinen aus. Der Doktor flog, sie zu trösten, aber sie schob ihn weg. In jedem einzelnen vermutete sie Zuschauer von draußen und glaubte die Dunkelheit voll von spähenden Augen.

Ein zweiter Strahl und ein weiterer heftiger Windstoß; man sah das Haus in allen Fugen schwanken, und gerade als das Licht erlosch, verkündete ein Krachen, das das Brüllen des Windes übertönte, seinen Fall. Im nächsten Augenblick schwirrte der ganze Garten von fliegenden Dachpfannen und Mauerziegeln. Ein derartiges Wurfgeschoß berührte im Vorbeisausen des Doktors Ohr; ein zweites fiel Aline auf den Fuß, die sogleich die Nacht mit dem Grausen ihrer Schreie erfüllte.

Inzwischen war das Dorf munter geworden, Lichter blitzten in den Fenstern auf, Zurufe drangen zu den vieren vor, und der Doktor versuchte sie, heldenmütig gegen Aline und das Unwetter ankämpfend, zu beantworten. Allein die Aussicht, Hilfe zu bekommen, rüttelte Anastasie zu aktiverem Schrecken wach.

»Henri, es werden Leute kommen,« schrie sie ihrem Gatten ins Ohr.

»Ich hoffe es,« war die Antwort.

»Das geht nicht. Lieber sterbe ich,« jammerte sie.

»Liebes Kind,« sagte der Doktor tadelnd, »du bist aufgeregt. Ich habe dir doch Kleider gegeben. Was hast du denn mit ihnen gemacht?«

»Ach, ich weiß es doch nicht, – ich muß sie weggeworfen haben. Wo sind sie nur?« schluchzte sie.

Desprez tappte in der Dunkelheit herum. »Ausgezeichnet!« bemerkte er; »meine grauen Manchesterhosen! Gerade das, was du brauchst.«

»Gib sie her,« schrie sie krampfhaft; aber sobald sie sie in der Hand hielt, schien sie wie umgewechselt – einen Augenblick stand sie stumm da, und dann drängte sie dem Doktor das Kleidungsstück wieder auf. »Gib sie Aline,« sagte sie, – »armes Mädchen.«

»Unsinn,« sagte der Doktor. »Aline weiß ja gar nicht, wie ihr geschieht. Sie hat vor Schrecken den Verstand verloren. Außerdem ist sie nur ein Bauernmädel. Nebenbei bin ich ernstlich besorgt über eine der artige Exponierung einer Person mit so haushockerischen Angewohnheiten, wie du es bist. Meine Besorgnis und deine phantastische Schamhaftigkeit deuten beide auf das gleiche Gegenmittel – die Pantalons.« Und er hielt sie ihr hin. »Es ist unmöglich. Du verstehst mich nicht,« sagte sie würdevoll.

Mittlerweile war Hilfe herangenaht. Es hatte sich als unmöglich herausgestellt, von der Straße her einzudringen, da das Tor mit Mauerwerk verschüttet war, und die Regenhuschen drohten, weitere Lawinen loszulösen. Aber zwischen dem Garten des Doktors und dem Nachbarsgarten zur Rechten gab es jene überaus malerische Vorrichtung – einen Gemeindebrunnen. Die Tür nach der Desprezschen Seite hin war zufällig unverriegelt gewesen und jetzt tauchten in der gewölbten Öffnung das bärtige Gesicht eines Mannes und ein Arm auf, der mit einer Laterne in die stürmische Welt der Dunkelheit hineinleuchtete, in der Anastasie ihre Leiden verbarg. Das Licht fiel hier und dort auf die unruhigen Apfelbaumzweige und schimmerte auf dem Grase; allein die Laterne wurde Anastasie zum Mittelpunkt der Welt. Sie fuhr vor dem Eindringling zurück. »Hierher,« schrie der Mann. »Seid ihr alle in Sicherheit?«

Aline rannte noch immer schreiend auf den Neuankömmling zu und wurde mit dem Kopfe voran durch die Maueröffnung gezerrt.

»Jetzt ist die Reihe an dir, vorwärts, Anastasie,« sagte deren Gatte.

»Ich kann nicht,« erwiderte sie.

»Sollen wir hier vielleicht alle an Erkältung sterben, Madame?« donnerte sie Doktor Desprez an.

»Du kannst ja gehen!« rief sie. »So geh doch, geh doch! Ich kann hier bleiben; mir ist ganz warm.«

Mit einem Fluch packte sie der Doktor bei den Schultern. »Halt!« schrie sie. »Ich werde sie anziehen.«

Sie nahm die verhaßten Dinger zum zweitenmal in die Hand, aber ihr Widerwillen war stärker als ihre Scham. »Niemals!« rief sie schaudernd und warf sie im weiten Bogen in die Nacht hinaus.

Im nächsten Moment hatte der Doktor sie dem Brunnen zugeschleudert. Der Mann mit der Laterne stand immer noch da. Anastasie schloß die Augen, und es war ihr, als ob sie sterben müsse. Wie sie durch den Bogen hindurchgehoben wurde, wußte sie nicht; sowie sie jedoch auf der anderen Seite angekommen war, wurde sie von der Nachbarsfrau in Empfang genommen und in freundliche Tücher gehüllt.

Betten wurden für die beiden Frauen zurechtgemacht, Kleidungsstücke jeder Größe für den Doktor und Jean-Marie, und den Rest der Nacht, während Madame halb wachend, halb schlafend in den Regionen hart an der Grenze der Hysterie weilte, saß ihr Gatte neben dem Feuer und hielt den bewundernden Nachbarn Vorträge. Er zeigte ihnen des langen und breiten die Ursachen des Unglücks. Seit Jahren, erklärte er, sei der Zusammensturz zu befürchten gewesen. Ein Zeichen wäre dem anderen gefolgt. Die Fugen hätten sich erweitert, der Wandbewurf wäre abgeblättert, die alten Mauern hatten sich nach innen gebogen. Schließlich, vor noch nicht drei Wochen, wäre die Kellertür kaum noch auf- und zugegangen. »Der Keller!« meinte er, bedenklich über einem Glase angewärmten Weines den Kopf schüttelnd. »Das erinnert mich an meine armen Weine. Dank einer freundlichen Vorsehung war der Hermitage beinahe zu Ende. Eine Flasche – eine einzige Flasche dieses unvergleichlichen Weines ist mir verloren gegangen. Ich hatte sie für Jean-Maries Hochzeit aufgehoben. Nun, ich werde mir neuen hinlegen müssen;

das wird meinem Leben noch Interesse verleihen. Ich bin jedoch in den Jahren schon etwas vorgerückt. Mein großes Werk liegt nun unter den Trümmern meines schlichten Heims begraben; es wird niemals vollendet werden – mein Name wird in den Sand geschrieben sein. Dennoch sehen Sie mich ruhig – ja fast heiter. Können Ihre Priester mehr?«

Bei dem ersten Morgenstrahl verließen sie den Kamin und begaben sich auf die Straße. Der Wind war abgeflaut, trieb aber nach wie vor eine Welt unruhiger Wolken vor sich her. Die Luft war schneidend wie bei Frost, und die ganze Gesellschaft klopfte sich, während sie in der regnerischen Morgendämmerung unter den Ruinen umherstand, auf die Brust und blies sich erwärmend in die Hände. Das Haus war gänzlich zusammengestürzt, die Mauern nach außen, das Dach nach innen. Es war nur mehr ein Schutthaufen, aus dem stellenweise ein zersplitterter Balken emporragte. Eine Wache wurde bei den Trümmern aufgestellt, um das Eigentum der Besitzer zu schützen, und die ganze Gesellschaft begab sich zu Tentaillon, um auf Kosten des Doktors zu frühstücken. Hierbei kreiste die Flasche ergiebigst, und noch bevor sie vom Tische ausstanden, hatte es zu schneien begonnen.

Drei Tage lang schneite es unaufhörlich, und die mit Öltuch zugedeckten und von einer Schildwache gehüteten Ruinen blieben unberührt. Die Desprez waren inzwischen zu Tentaillons gezogen. Madame brachte ihre Zeit in der Küche zu, wo sie mit Hilfe der bewundernden Madame Tentaillon kleine Leckerbissen bereitete, oder sie saß, in Gedanken versunken, neben dem Feuer. Der Fall des Hauses hatte sie merkwürdig wenig mitgenommen. Der Schlag war durch einen zweiten pariert worden. In Gedanken kämpfte sie den Kampf mit den Hosen ständig immer wieder durch. Hatte sie recht oder unrecht getan? Einmal lobte sie sich wegen ihrer Standhaftigkeit, dann wieder mit einem bitteren Erröten vergeblicher Reue beklagte sie den Verlust der Hosen. Keine Krise in ihrem Leben hatte ihre Urteilskraft auf eine so harte Probe gestellt. Inzwischen hatte sich der Doktor mit ungeheurer Genugtuung in die Situation hineingefunden. Zwei der Sommerpensionäre waren in Erwartung von Geldsendungen als Gefangene dort zurückgeblieben. Beide waren Engländer, aber der eine sprach ziemlich fließend Französisch, und war außerdem ein humorvoller, geistig beweglicher Bursch, mit dem der Doktor in dem sicheren Gefühl, verstanden zu werden, stundenlang debattieren konnte. Manch ein Glas leerten sie zusammen, und zahlreich waren die Themata, die sie berührten.

»Anastasie,« sagte der Doktor am dritten Morgen, »nimm dir ein Beispiel an deinem Gatten, an Jean-Marie. Die Aufregung hat bei dem Jungen besser angeschlagen als alle meine Kräftigungsmittel. Er absolviert seinen Dienst als Schildwache mit wahrer Begeisterung. Und was mich betrifft, so sieh mich doch an. Ich habe mit den Ägyptern Freundschaft geschlossen, und mein Pharao, ich versichere es dir, ist sogar ein äußerst angenehmer Mensch. Du allein bist verstimmt. Wegen eines Hauses – ein paar Kleider? Was sind die neben meiner Pharmacopoea, – der Arbeit vieler Jahre, die unter Steinen und Hölzern hier in diesem deprimierenden Dorfe begraben liegt? Der Schnee fällt; ich schüttle ihn mir vom Mantel ab! Mir solltest du nacheifern. Unser Einkommen wird zwar leiden, das gebe ich zu, da wir bauen müssen; aber Mäßigkeit, Geduld und Philosophie werden sich an unserem Herde versammeln. Inzwischen sind die Tentaillons höchst gefällig; das Essen ist, mit deinen Ergänzungen, ganz leidlich; nur der Wein ist abscheulich – nun, ich werde mir heute welchen kommen lassen. Mein Pharao wird sich freuen, mal wieder einen anständigen Tropfen zu trinken; aha! Und ich werde sehen, ob er die Krone aller Veranlagungen besitzt – eine Weinzunge. Hat er eine Weinzunge, so ist er einfach vollkommen.«

»Henri,« sagte sie kopfschüttelnd, »du bist ein Mann; du kannst meine Gefühle nicht verstehen. Keine Frau wäre imstande, die Erinnerung an eine derartige öffentliche Demütigung abzuschütteln.«

Der Doktor vermochte ein Kichern nicht zu unterdrücken. »Verzeih, mein Liebling,« sagte er, »aber wirklich, dem philosophischen Verstande erscheint der Vorfall als ein wenig nebensächlich. Du sahst außerordentlich gut – «

»Henri!« rief sie.

»Schon gut, schon gut, ich sage nichts mehr«, war seine Antwort. »Obwohl, wenn du eingewilligt hättest, meine – à propos,« unterbrach er sich, »meine Hosen! Sie liegen noch immer im Schnee – meine Lieblingshosen!« Und fort war er, auf der Suche nach Jean-Marie. Zwei Stunden später kehrte der Junge mit einem Spaten unter dem einen Arm und einem merkwürdig aussehenden Bündel aufgeweichter Fetzen unter dem anderen ins Gasthaus zurück. Der Doktor nahm es ihm mit trauriger Miene ab. »Sie sind gewesen!« sagte er. »Vorbei! Vortrefflichste Pantalons, ihr seid nicht mehr! Halt, in dieser Tasche steckt etwas«, und er zog ein Blatt Papier hervor. »Ein Brief! Ah, jetzt erinnere ich mich; ich erhielt ihn am Morgen des Unwetters, als ich gerade in heiklen Untersuchungen verstrickt war. Er ist immer noch lesbar. Von dem armen, lieben Casimir. Wie gut,« meinte er behaglich lachend, »daß ich ihn zur Geduld erzogen habe. Der arme Casimir, und erst seine Korrespondenz – seine endlose, ängstliche, idiotische Korrespondenz!«

Inzwischen hatte er vorsichtig den nassen Brief entfaltet, als er sich jedoch darüber bückte, um ihn zu entziffern, umwölkte sich seine Stirn.

»Bigre!« rief er, wie elektrisiert zusammenzuckend. Im nächsten Augenblick flog der Brief ins Feuer und im Handumdrehen hatte er die Mütze auf den Kopf gestülpt.

»Zehn Minuten! Wenn ich laufe, kann ich ihn noch erwischen«, schrie er. »Er hat ja immer Verspätung. Ich fahre nach Paris – werde telegraphieren.«

»Henri, was ist denn los?« rief seine Frau.

»Türkenrente!« erscholl es von dem verschwindenden Doktor; und Anastasie und Jean-Marie blieben mit den durchnäßten Hosen allein. Desprez war nach Paris gereist, das zweite Mal in sieben Jahren. Er war nach Paris gereist, bekleidet mit einem Paar Holzschuhe, einer gestrickten Weste, einer schwarzen Bluse, einer Bauernnachtmütze und mit zwanzig Franken in der Hosentasche. Der Fall des Hauses war nur noch ein Wunder zweiten Grades, die ganze Welt hätte zusammenstürzen können, seine Familie wäre kaum weniger erstaunt gewesen.

Achtes Kapitel

Der Lohn des Philosophie

Am nächsten Morgen wurde der Doktor, nur noch ein Schatten seines alten Ichs, unter Casimirs Obhut zurückgebracht. Sie fanden Anastasie und den Jungen zusammen am Feuer sitzend. Desprez, der seine Toilette gegen eine billige, fertig gekaufte Ausrüstung eingetauscht hatte, winkte ihnen beim Eintritt mit der Hand zu und sank dann, der Rede nicht mächtig, in den nächsten Stuhl. Madame wandte sich direkt an Casimir.

»Was ist geschehen?« rief sie.

»Ja,« sagte Casimir, »was habe ich euch die ganze Zeit über gepredigt? Es ist jetzt eingetroffen. Diesmal ist radikal Schluß. Also ist's am gescheitesten, ihr nehmt euch zusammen und tragt es, so gut ihr könnt. Das Haus gleichfalls futsch, was? Pech, das muß ich sagen.«

»Sind – sind – wir ruiniert?« stammelte sie.

Der Doktor streckte ihr die Arme entgegen. »Ruiniert,« entgegnete er, »ruiniert durch deinen unglückseligen Gatten.«

Casimir beobachtete die darauf folgende Umarmung durch das Einglas und wandte sich dann an Jean-Marie. »Hörst du?« sagte er. »Sie sind ruiniert; keine einträglichen Geschäftchen mehr, kein Haus, keine fetten Koteletts. Es scheint mir, mein Freund, daß du jetzt am besten dein Bündel schnürst; die gegenwärtige Spekulation hat sich so ziemlich erschöpft.« Und er nickte ihm vielsagend zu.

»Niemals!« rief Desprez, aufspringend. »Jean-Marie, wenn du es vorziehst, mich jetzt, wo ich arm bin, zu verlassen, kannst du gehen. Du wirst deine hundert Francs erhalten, falls mir so viel noch bleibt. Wenn du aber bei uns bleiben willst,« der Doktor vergoß ein paar Tränen – »Casimir bietet mir eine Stellung an – als Buchhalter«, fuhr er fort. »Das Gehalt ist zwar kärglich, aber es reicht für drei. Es ist schon zuviel, mein ganzes Vermögen verloren zu haben; muß ich auch noch meinen Sohn verlieren?«

Jean-Marie schluchzte bitterlich, ohne indes eine Silbe von sich zu geben.

»Ich kann Jungen, die ewig weinen, nicht leiden«, bemerkte Casimir. »Dieser hier weint ununterbrochen. Hör mal, du da, verdufte jetzt auf ein Weilchen; ich habe mit deinem Herrn und deiner Herrin Geschäftliches zu besprechen, und diese Familiengefühle können, wenn ich fort bin, ihre Erledigung finden. Marsch!« und er hielt ihm die Tür auf.

Jean-Marie schlich davon, wie ein überführter Dieb. Um zwölf saßen, mit Ausnahme von Jean-Marie, alle bei Tisch.

»He!« sagte Casimir. »Fort, wie du siehst. Hat sich sofort den Wink gemerkt.«

»Ich gestehe,« sagte Desprez, »ich gestehe, daß ich seine Abwesenheit nicht zu entschuldigen suche. Sie bezeugt einen Mangel an Herz, der mich schwer enttäuscht.«

»Mangel an Manieren«, verbesserte Casimir. »Herz hat er niemals gehabt. Wirklich, Desprez, für einen klugen Menschen bist du so leicht hereinzulegen wie kein anderer auf der Welt. Dein Unverständnis der menschlichen Natur und menschlicher Geschäfte übersteigt alle Begriffe. Erst wirst du von heidnischen Türken beschwindelt, dann von vagabundierenden Kindern, beschwindelt von oben bis unten, von rechts nach links. Ich glaube, deine Phantasie ist schuld. Dem Himmel sei Dank, daß ich keine habe.«

»Verzeihung,« erwiderte Desprez demütig, aber dennoch mit einigem Temperament, da es hier einen Unterschied zu ziehen galt, »Verzeihung, Casimir. Du besitzt in hohem Maße geschäftliche Phantasie, während der Mangel daran – es scheint, das ist mein schwacher Punkt – mir alle diese Schläge verursacht hat. Dank der geschäftlichen Phantasie sieht der Financier das Schicksal seiner Investierungen voraus, erkennt er das Fallissement – .«

»Donnerwetter,« unterbrach ihn Casimir; »unser Freund, der Stalljunge, scheint seinen Teil davon abbekommen zu haben.«

Der Doktor verstummte, und das Mahl wurde begleitet in der Hauptsache von dem nicht gerade sehr trostreichen Gespräch des Schwagers. Die beiden jungen englischen Maler ignorierte er vollständig, indem er allen ihren Grüßen ein vollständig blindes Einglas entgegenkehrte, und setzte seine Bemerkungen fort, als befände er sich allein im Schoße der Familie. Mit jedem zweiten Wort versetzte er dem Ballon der Eitelkeit seines Schwagers einen neuen Riß. Als der Kaffee zu Ende war, war der arme Desprez so schlaff wie eine Serviette.

»Nun wollen wir gehn und die Ruinen besichtigen«, sagte Casimir.

Sie schlenderten zusammen auf die Straße. Der Sturz des Hauses hatte, ähnlich wie eine Zahnlücke einem menschlichen Antlitz, dem Dorfe ein gänzlich verändertes Aussehen gegeben. Durch den so entstandenen Spalt gewann man einen weiten Blick über eine große Strecke freien, schneebedeckten Landes, und der Ort selbst schien durch den Vergleich zusammenzuschrumpfen. Er glich einem Raum mit einer offenen Tür. Die Schildwache stand neben dem grünen Tor und sah sehr rot und verfroren aus, hatte aber ein freundliches Wort für den Doktor und seinen reichen Verwandten.

Casimir blickte auf den Trümmerhaufen und prüfte die Qualität des Öltuches. »Hm,« sagte er, »hoffentlich hat das Kellergewölbe standgehalten. Ist das der Fall, mein guter Bruder, so bin ich bereit, dir für deine Weine einen anständigen Preis zu zahlen.«

»Wir werden morgen zu graben anfangen«, sagte die Schildwache. »Schneegefahr ist ja nicht mehr vorhanden.«

»Lieber Freund,« entgegnete Casimir bedeutungsvoll, »warten Sie lieber, bis Sie Ihr Geld bekommen haben.« Der Doktor zuckte zusammen und begann, seinen unmöglichen Schwager zu Tentaillons zurückzuschleppen. Im Hause würde es weniger Lauscher geben, außerdem waren sie ja bereits in das Geheimnis seines Falls eingeweiht.

»Hallo!« rief Casimir, »da geht der Stalljunge mitsamt seinem Gepäck. Nein, bei Gott, er bringt es ins Wirtshaus zurück.«

Wahrhaftig, Jean-Marie überquerte gerade den schneeigen Fahrdamm und ging, unter einem großen Korbe fast zusammenbrechend, zu Tentaillons hinein. Der Doktor hielt, von einer plötzlichen, wilden Hoffnung gepackt, inne.

»Was kann er da nur haben?« fragte er. »Wir wollen gehn und nachsehn.« Und er hastete weiter.

»Sein Gepäck, natürlich«, spottete Casimir. »Er befindet sich auf der Wanderschaft, dank seiner geschäftlichen Phantasie.«

»Ich habe den Korb dort seit – seit Ewigkeiten nicht mehr gesehen«, bemerkte der Doktor.

»Und du wirst ihn auch in Ewigkeiten nicht wiedersehen«, lachte Casimir höhnisch; »das heißt, wenn wir uns nicht einmischen. Übrigens bestehe ich auf einer Untersuchung.«

»Das wird nicht nötig sein«, sagte der Doktor, tatsächlich schluchzend, und einen feuchten, triumphierenden Blick auf Casimir werfend, hub er zu laufen an. »Was zum Teufel ist in ihn hineingefahren?« überlegte sich Casimir; und als seine Neugierde siegte, folgte er dem Beispiele des Doktors und setzte sich in Trab. Der Korb war so schwer und groß und Jean-Marie selbst so klein und müde, daß er eine lange Zeit gebraucht hatte, um ihn die Treppe hinauf in Desprez' Privatzimmer zu befördern. Eben hatte er ihn vor Anastasie niedergesetzt, als der Doktor, dicht gefolgt von dem Mann der Geschäfte, erschien. Knabe und Korb waren beide in einem traurigen Zustand, denn der eine hatte vier Monate unter der Erde in einer gewissen Höhle in der Richtung von Achères zugebracht, und der andere war etwa fünf Meilen gelaufen, so schnell seine Beine ihn nur tragen konnten, die Hälfte der Strecke dazu unter einer erdrückenden Last.

»Jean-Marie,« rief der Doktor mit einer Stimme, die allzu seraphisch war, um hysterisch zu sein, »ist das –? Er ist es!« schrie er. »Oh, mein Sohn, mein Sohn!« Und er setzte sich auf den Korb und weinte wie ein kleines Kind.

»Jetzt werden Sie doch nicht nach Paris ziehen«, sagte Jean-Marie halb zuversichtlich, halb fragend.

»Casimir,« sagte Desprez, sein nasses Gesicht erhebend, »siehst du den Jungen da, jenen Engel von einem Jungen? Er ist der Dieb; er nahm den Schatz einem Manne fort, dem man seinen Gebrauch nicht anvertrauen konnte. Er bringt ihn mir zurück, nachdem ich ernüchtert und gedemütigt worden bin. Dies, Casimir, sind die Früchte meiner Lehren und dieser Augenblick der Lohn meines Lebens.«

»Tiens«, sagte Casimir.

Über tredition

Eigenes Buch veröffentlichen

tredition wurde 2006 in Hamburg gegründet und hat seither mehrere tausend Buchtitel veröffentlicht. Autoren veröffentlichen in wenigen leichten Schritten gedruckte Bücher, e-Books und audio-Books. tredition hat das Ziel, die beste und fairste Veröffentlichungsmöglichkeit für Autoren zu bieten.

tredition wurde mit der Erkenntnis gegründet, dass nur etwa jedes 200. bei Verlagen eingereichte Manuskript veröffentlicht wird. Dabei hat jedes Buch seinen Markt, also seine Leser. tredition sorgt dafür, dass für jedes Buch die Leserschaft auch erreicht wird.

Im einzigartigen Literatur-Netzwerk von tredition bieten zahlreiche Literatur-Partner (das sind Lektoren, Übersetzer, Hörbuchsprecher und Illustratoren) ihre Dienstleistung an, um Manuskripte zu verbessern oder die Vielfalt zu erhöhen. Autoren vereinbaren direkt mit den Literatur-Partnern die Konditionen ihrer Zusammenarbeit und partizipieren gemeinsam am Erfolg des Buches.

Das gesamte Verlagsprogramm von tredition ist bei allen stationären Buchhandlungen und Online-Buchhändlern wie z. B. Amazon erhältlich. e-Books stehen bei den führenden Online-Portalen (z. B. iBookstore von Apple oder Kindle von Amazon) zum Verkauf.

Einfach leicht ein Buch veröffentlichen: **www.tredition.de**

Eigene Buchreihe oder eigenen Verlag gründen

Seit 2009 bietet tredition sein Verlagskonzept auch als sogenanntes "White-Label" an. Das bedeutet, dass andere Unternehmen, Institutionen und Personen risikofrei und unkompliziert selbst zum Herausgeber von Büchern und Buchreihen unter eigener Marke werden können. tredition übernimmt dabei das komplette Herstellungs- und Distributionsrisiko.

Zahlreiche Zeitschriften-, Zeitungs- und Buchverlage, Universitäten, Forschungseinrichtungen u.v.m. nutzen diese Dienstleistung von tredition, um unter eigener Marke ohne Risiko Bücher zu verlegen.

Alle Informationen im Internet: **www.tredition.de/fuer-verlage**

tredition wurde mit mehreren Innovationspreisen ausgezeichnet, u. a. mit dem Webfuture Award und dem Innovationspreis der Buch Digitale.

tredition ist Mitglied im Börsenverein des Deutschen Buchhandels.

Dieses Werk elektronisch lesen

Dieses Werk ist Teil der Gutenberg-DE Edition DVD. Diese enthält das komplette Archiv des Projekt Gutenberg-DE. Die DVD ist im Internet erhältlich auf **http://gutenbergshop.abc.de**

Zeitfracht Medien GmbH
Ferdinand-Jühlke-Straße 7
99095 Erfurt, Deutschland
produktsicherheit@kolibri360.de